Michaela Holst
Das Heide-Mädchen

Bibliografische Information der Deutschen Nationalbibliothek
Die Deutsche Nationalbibliothek verzeichnet diese Publikation in der Deutschen Nationalbibliografie; detaillierte bibliografische Daten sind im Internet über http://dnb.d-nb.de abrufbar.

© 2015 Michaela Holst
Herstellung und Verlag:
Books on Demand GmbH, Norderstedt
ISBN 9783734789915

Michaela Holst

Das Heide-Mädchen
Aus der Reihe „Starke Frauen"

Ich wurde in einem großen Herrenhaus in der Lüneburger Heide geboren. Wir schrieben das Jahr 1930. Meine Mutter erzählte mir viele Jahre später, dass sich mein Vater schon seit Beginn der Schwangerschaft sehr auf mich gefreut hätte. Er war der felsenfesten Meinung gewesen, sein Stammhalter sei unterwegs.

Als dann ich dabei herauskam, war er sehr enttäuscht und sprach wochenlang nicht mit meiner Mutter. Ein Arzt hatte ihm eingeredet, eine Frau sei schuld am Geschlecht des Kindes und viele werdende Mütter hätten nichts anderes im Sinn, als ihrem Gatten eins auszuwischen, in dem sie statt eines Jungen, ein Mädchen zur Welt brachten.

Aber nicht nur meine Mutter hatte unter dem Zorn meines Vaters zu leiden gehabt. Nein, unser ganzes Gesinde wurde für mehrere Wochen mit Kraftausdrücken bedacht und sinnlos durch die Gegend gescheucht. Wie mir meine Tante Brigitte später mehrfach berichtete, musste meine Mutter immer wieder eingreifen, trösten und Tränen trocknen, weil mein Vater wie ein Berserker durch Haus und Hof getobt war.

Ich sah immer zu, dass ich Land gewann, wenn er in meiner Nähe auftauchte, da ich schon als Kleinkind bemerkte, wie sehr er mich hasste. Ich rannte in solchen Augenblicken in Windeseile und so schnell mich meine kleinen Beine tragen konnten in eines meiner Verstecke. Je älter ich wurde, desto ausgeklügelter wurden die. Hatte er mich noch anfangs leicht erwischen können, um mir aus fadenscheinigen Gründen eine Ohrfeige zu verpassen, so war ich im Laufe der Jahre zusehends erfinderischer geworden.

Die Zeiten, in denen ich mich einfach hinter einem Wagen verkrochen hatte, waren lange vorbei. Als ich acht oder neun Jahre alt war, fand er mich nicht mehr so einfach. Denn jetzt verkroch ich mich dort, wo er ganz bestimmt nicht nachschaute. Entweder ich rannte in den Kohlenkeller und hockte mich hinter den Kohlenberg oder ich versteckte mich im Pferde- oder Kuhstall. Obwohl Landwirt durch und durch, mochte er Orte, an denen er sich richtig schmutzig machen konnte, nicht so sehr. Er hasste es, wenn sein edler Zwirn Flecken aufwies oder nach Mist oder Pferd oder Kuh stank.

Meine Mutter, und vor allen Dingen unsere Wäscherin, mochte Flecken oder Gerüche dieser Art ebenfalls nicht sonderlich. Allerdings nahm ich die Donnerwetter der Frauen lieber in Kauf, als die Schläge meines Vaters. Ein Mädchen muss sich eben durchbeißen, um zu überleben.

Allerdings war mein Vater der einzige Mensch auf unserem Gutshof, der mich nicht mochte. Sowohl die Mägde, als auch die Knechte und das Hausgesinde traten mir stets freundlich gegenüber. Ob Horst, der Kutscher, oder Maria, die Wäscherin, es war immer jemand da, mit dem ich reden konnte. Ich weiß nicht mehr, wie oft ich auf dem Schoß des Kutschers durch die Welt gesegelt bin, wenn wir, mit zwei riesigen Pferden bespannt, auf unserer Kutsche durch die Heide fuhren.

Die Arbeit auf den Feldern und auf dem Hof wurde damals noch von einem Heer von Knechten und Mägden erledigt. Ich blieb dann einfach auf dem Kutschbock sitzen und schaute den Arbeiterinnen und Arbeitern beim Grasmähen, Heuwenden, Rübenhacken oder Strohbinden zu.

Wenn Magda, unsere Obermelkerin, ihren Dienst im Kuhstall vollendet hatte, kam sie mittags mit einer leichten Kutsche auf die Felder gefahren, um das Essen zu bringen. Sofort ließen alle ihre Heuharken oder Sensen fallen und stürzten sich auf die Körbe mit den Köstlichkeiten. Obwohl mein Vater streng dagegen war, den Mitarbeitern warmes Essen und Getränke auf die Felder zu bringen, hatte sich meine Mutter durchgesetzt und dafür gesorgt, dass genau das passierte. Er hatte sich mehr oder weniger ihrem Willen gebeugt, da der Hof nicht ihm, sondern ihr gehörte.

Maria und die anderen Frauen im Haus hatten stets eine lustige Posse auf Lager. Im Laufe der Jahre habe ich etliche Lebensgeschichten von diesen lieben Menschen zu hören bekommen. Manchmal habe ich mit ihnen um die Wette geweint, manchmal mich halb totgelacht.
Maria erzählte mir mal, dass sie sehr froh sei, auf unserem Hof gelandet zu sein. Sie hätte zwölf Geschwister und zu Haus die Hölle erleben müssen. Ihr Vater hätte viel Alkohol getrunken, jeden Tag Mutter und Kinder verprügelt und hin und wieder das Lager mit seinen Töchtern geteilt.
Nachdem die Mädchen in die Pubertät gekommen seien, wäre er mit jeder Einzelnen über Land gefahren und hätte sie meistbietend an irgendwelche Bauern verscherbelt. Sie selbst sei von meiner Mutter ausgelöst worden. So nannte man den Mädchenhandel, der aller Orten blühte und auf der einen Seite dafür sorgte, dass abgelegte Töchter aus dem Haus kamen und auf der anderen Seite den Bauern eine willige und billige Arbeitskraft verschaffte, die man, da bereits eingeritten, auch für nebeneheliche Abenteuer benutzen konnte.
Wurde eine solche Magd schwanger, verheiratete man sie kurzerhand mit einem Knecht. Auf diese Art und Weise wurde das Problem kostengünstig aus der Welt geschafft. Natürlich wussten alle Be-

scheid, aber niemand hätte es gewagt, darüber zu sprechen. So blieb nach außen hin die Weste des Hausherrn blütenweiß und sauber.

Arbeit gab es damals nicht unbedingt, wie Sand am Meer, und so waren diese bedauernswerten Geschöpfe sogar noch froh darüber, wenn sie auf dem Hof bleiben konnten und nicht mit Schimpf und Schande, was ohne weiteres vorkam, von der Scholle gejagt wurden. Das konnte nämlich passieren, wenn für eine schwangere Magd kein passender Knecht gefunden werden konnte. Man bezichtigte das arme Mädchen einfach einer moralischen Verfehlung und setzte sie kurzerhand vor die Tür.

Maria, und auch Magda, erzählten mir mehrere traurige Geschichten dieser Art. Als ich älter geworden war, fragte ich natürlich, was aus diesen jungen Müttern und ihren Kindern geworden war. Maria machte mir, natürlich hinter vorgehaltener Hand, klar, dass die meisten auf dem Großstadtstrich endeten. Manche brachten sogar ihre Kinder um, weil sie nicht in der Lage waren, diese zu ernähren. Einige Mütter und auch ihre Kinder verhungerten einfach. Aus diesem Grund waren unsere Mitarbeiterinnen froh, dass sie, trotz der mehr als widrigen Umstände, bei uns bleiben konnten.

Der Vater meiner Mutter hatte das Gut mit eiserner Hand geführt und meinen Vater eines Tages als Verwalter eingestellt. Da sich der junge Mann gut machte, war er auf die Idee gekommen, ihn mit seiner Tochter, also meiner Mutter, zu verheiraten.

Mein Vater war ein Zweitgeborener, hätte also niemals seinen elterlichen Hof erben können. Diese jungen Männer wurden dann gern ausgelagert. Man suchte eine passende Stelle für sie und schon war sichergestellt, dass nur ein Koch den Brei verdarb.

Wie mir viele Jahre später klarwerden sollte, hatte mein Vater diese, in seinen Augen, Schmach nie überwunden. Ich kannte ihn eigentlich ausschließlich schlecht gelaunt. Ständig hatte er etwas an den, ihm anvertrauten, Menschen auszusetzen. Ständig arbeiteten sie nicht genau oder schnell genug. Auch die Tiere auf unserem Hof bekamen immer wieder seine Zornesausbrüche zu spüren. Mehrmals hatte ich beobachtet, wie der Oberknecht meinem Vater in den Arm fiel, wenn der mal wieder sinnlos auf Mägde, Pferde oder Kühe einprügelte.

„Herr Baron! Halten Sie ein. Denken Sie dran, eine verprügelte Frau kann Ihnen schwerlich zu Diensten sein. Ein lahmes Pferd kann keinen Pflug mehr ziehen."

Ja, wenn es um Arbeitskraft oder Geld ging, war mein Vater schnell zu bändigen. Sein Ansehen und die Güte seines Hofes, der ihm eigentlich gar nicht gehörte, standen bei ihm an erster Stelle. Im Nachhinein bin ich froh, dass er nicht der wahre Chef auf unserem Gut war. Wer weiß, was sonst noch so alles passiert wäre.

Allerdings brauchte meine Mutter ein paar Jahre, um sich, nach dem Tod ihres Vaters, bei Ehemann und Gesinde Respekt zu verschaffen. Eine Frau als Chefin war damals noch lange nicht an der Tagesordnung und meine Mutter musste meinen Vater mehrmals in seine Schranken weisen, um größeres Unheil zu verhindern. Ich denke, ohne sie hätte er nicht nur einmal jemanden umgebracht oder zum Krüppel geschlagen.

Mein Vater trug stets eine Reitgerte bei sich. Aber nicht nur die wurde gern eingesetzt. Bekam er einen Wutanfall, wurden auch gern Hacken, Äxte oder Besenstiele zweckentfremdet. Leider hatte meine Mutter ständig Angst um ihren guten Ruf. Andernfalls hätte sie ihn bestimmt schon längst vom Hof gejagt.

Als meine Mutter zum fünften Mal in den Wehen lag, nach mir waren drei weitere Mädchen geboren worden, standen wir Kinder ständig vor der Tür des Gebärzimmers. Für uns war eine Niederkunft natürlich eine spannende Sache und wir warteten sehnsüchtig auf den Klapperstorch, der das nächste Kind bestimmt bald bringen würde. Der Aufenthalt direkt im Zimmer war uns natürlich, bei Androhung der Todesstrafe, verboten worden.

„Kinder haben dabei nix zu suchen. Nur Mütter und Hebammen dürfen dabei sein, wenn der Klapperstorch ein Kind bringt. Andernfalls kann es vorkommen, dass sich der Klapperstorch erschrickt und das Kind viel zu früh aus seinem Schnabel fallen lässt. Und dann kann das Kind gelähmt sein oder gar tot und das wollt ihr doch sicherlich nicht oder?"

Während meine doofen Schwestern also weiterhin vor der Tür des Gebärzimmers auf dem Teppich hockten und darauf warteten, hineingerufen zu werden, sobald das erste Quäken des neuen Erdenbürgers zu hören war, seilte ich mich ab. Ich war schließlich mit meinen acht Jahren die Älteste und den anderen dreien weit voraus.

Mehrmals hatte ich beobachtet, dass Mutter im Gebärzimmer in einem Bett lag und sich vor Schmerz hin und wieder die Hand gegen die Stirn drückte. Daraus schloss ich messerscharf, dass sie in solchen Momenten nichts sehen konnte. Also passte ich den nächsten Moment ab, wenn die Hebamme für Minuten das Zimmer verließ, um z. B. Wasser zu holen, erklärte meinen Schwestern, der Klapperstorch sei gerade im Garten gelandet, was dazu führte, dass sie lärmend aufsprangen und in den Garten eilten, und schlüpfte ins Zimmer.

Schnell hatte ich mich am Kopfende des Bettes an meiner Mutter vorbeigedrückt und hinter der bodenlangen Übergardine einen günstigen Beobachtungsposten eingenommen. Sie hatte laut gestöhnt, als ich an ihr vorbeigeschlichen war. Daraus schloss ich, mal wieder messerscharf, dass sie mich nicht gehört haben konnte. Da sie mich nicht aus dem Zimmer scheuchte, schien meine Vermutung zu stimmen.

Ich blieb also, wie angewurzelt, hinter der Gardine stehen und achtete immer wieder darauf, dass ich erstens die Gardine nicht bewegte, zweitens keine sichtbare Beule im Stoff erzeugte und drittens meine Schuhspitzen nicht unter der Gardine hervorschauten. Auch die Atmung hielt ich sehr flach, um ganz und gar unsicht- und hörbar zu bleiben. Allerdings fiel mir das Stillstehen sehr schwer, da ich unglaublich aufgeregt war. Gleich würde also der Klapperstorch kommen und das Kind bringen.

Plötzlich fiel mir mit Schrecken ein, dass der Klapperstorch ja mit Sicherheit durchs Fenster kommen würde. Um Gottes Willen, schoss es mir durch den Kopf, ich stehe direkt davor. Vorausgesetzt, der Klapperstorch hatte gute Augen, dann würde er mich durch die Fensterscheibe sofort erkennen und sich entweder erschrecken und das Kind fallenlassen oder missmutig abdrehen und das Kind woanders abgeben. Na, schönen Dank auch! Jetzt saß ich aber hüfttief in der Tinte. Allerdings wurde ich in dem Augenblick rasant aus meiner Panik gerissen. Die Hebamme war zurück und sprach leise und beruhigend auf meine Mutter ein, während sie am nun nackten Unterleib meiner Mutter herumtastete. Ehe ich lange über diese Tätigkeiten nachdenken konnte, stürmte plötzlich mein Vater ins Zimmer.

„Wenn du es noch einmal wagst, mir, statt eines strammen Stammhalters, eine Ritzenpisserin unterzujubeln, vergesse ich mich auf der Stelle."

„Herr Baron! Ihre Frau braucht jetzt Ruhe und bestimmt keine Standpauke. Wenn sich ein Kind kurz vor der Geburt erschreckt, kann das böse Folgen für Mutter und Kind haben."

„Du Drecksau wagst es, mir Vorschriften zu machen?"

Mein Vater hatte sich vor der Hebamme aufgebaut. Seine Adern an den Schläfen traten deutlich hervor. Die Hebamme wich nicht zurück und hielt mühelos seinem herrischen Blick stand.

Mein Vater holte aus, aber ehe er zuschlagen konnte, griff meine Mutter ein.
„Wag es und du fliegst in hohem Bogen raus."
Sie hatte nicht geschrien. Sie hatte diese Worte langsam und leise von sich gegeben. Mein Vater stockte in der Bewegung und warf meiner Mutter einen hasserfüllten Blick zu.
„Muss ich mir von einer Frau, die in ekligen Unterleibern herummatscht und mit blutigen Händen vor mir steht, in meinem eigenen Haus Vorschriften machen lassen?"
„So lange es sich um die Hebamme handelt, die dein Kind demnächst zur Welt holen wird, ja. Und nun mach, dass du rauskommst. Ich bin leicht gereizt und möchte verhindern, dass ich dich in der Luft zerreißen lasse."
Er tat belustigt.
„Du willst mich in der Luft zerreißen lassen? Das ich nicht lache!"
Frau Hansen! Würden Sie bitte unserem Verwalter, dem Herrn Jensen, Bescheid geben?"
„Selbstverständlich, Frau Baronin."
Die Hebamme ging an meinem Vater vorbei und war gerade im Begriff, die Tür zu öffnen, als er sich wutentbrannt umdrehte und aus dem Zimmer rauschte.
„Frau Hansen, teilen Sie Herrn Jensen mit, dass er sich, so lange die Geburt dauert, vor die Tür set-

zen soll. Er soll niemanden reinlassen, bis ich ihm etwas anderes mitteile."

Frau Jensen eilte aus dem Zimmer und schloss die Tür hinter sich. Mutter ließ sich erneut in die Kissen fallen und stöhnte leise vor sich hin. Ich konnte mir noch immer keinen Reim auf den gerade erlebten Ablauf machen. Warum hatte meine Mutter die Beine angestellt? Warum rieb sie abwechselnd an ihrem Unterleib und ihren Brüsten herum? Was hatte das alles mit einer Geburt zu tun? Ich stand stocksteif hinter der Gardine und traute mich kaum zu atmen.

Plötzlich wurde das Stöhnen meine Mutter lauter und lauter. Die Tür wurde aufgerissen und die Hebamme kehrte zurück.

„Ich habe Herrn Jensen Bescheid gesagt. Er hat alles liegen und stehen lassen und sich sofort vor die Tür gesetzt."

„Teilen Sie ihm bitte mit, dass auch mein Mann keinen Zutritt hat."

Die Hebamme öffnete erneut die Tür, trat einen Schritt hinaus, zog die Tür hinter sich zu, ohne sie gänzlich zu schließen, und sprach leise mit Herrn Jensen. Wenige Sekunden später war sie wieder da und setzte sich sofort auf Mutters Bett, um ihr zwei Finger in den Unterleib zu stecken.

„Der Muttermund geht langsam auf. Es kann nicht mehr lange dauern."

Plötzlich bäumte sich meine Mutter auf, stöhnte laut und ließ sich wieder fallen. Dieses wiederholte sich im Laufe der nächsten Minuten mehrfach und plötzlich öffnete sich der Unterleib meiner Mutter und schien etwas herausdrücken zu wollen.
Ich war total erschüttert. Was ging da vor sich? Ich konnte mir keinen Reim darauf machen. Mit jeder Krampfwelle schob sich das Etwas weiter aus meiner Mutter heraus. Die Hebamme hatte mehrmals ihre Position gewechselt. Jetzt griff sie plötzlich zu und hielt etwas in der Hand, das wie ein winziger Kopf aussah. Nach ein paar wenigen Krämpfen hielt sie plötzlich ein kleines Kind in den Händen. Eine bläulich-blasse Schnur hing aus meiner Mutter heraus und schien das Baby mit ihr zu verbinden.
Die Hebamme legte das Kind auf den Bauch meiner Mutter. Plötzlich fing das Kind an zu schreien. Die Hebamme hatte plötzlich einen Bindfaden in der Hand und schlang diesen um die Schnur, die Baby und Mutter verbanden. Dann zog sie zu und machte eine Schleife. Ein paar Zentimeter weiter wiederholte sie das Ganze. Nachdem die Schnur an zwei Stellen zugebunden worden war, schnitt sie die Schnur in zwei Teile. Nun waren Mutter und Baby voneinander getrennt.

Danach begann sie, ein Tuch in eine Schale, die mit Wasser gefüllt war, zu tauchen und das Kind abzureiben.

„Ist es wieder ein Mädchen?"

„Ja, Frau Baronin. Es ist ein wunderschönes Mädchen."

„Mein Mann wird darüber nicht sehr glücklich sein."

„Ihr Mann sollte froh sein, dass das Kind gesund ist. Alles andere ist doch Nebensache, nicht wahr?"

„Diese Meinung wird er ganz bestimmt nicht teilen."

„Ich verstehe die Männer nicht. Mädchen sollen immer andere bekommen. Sie selbst wollen stets einen Sohn. Aber wenn nur noch Söhne geboren werden, woher wollen dann die Männer ihre Frauen kriegen? Die wachsen schließlich nicht auf Bäumen."

In diesen Augenblicken war mir klargeworden, dass ich mein Leben lang angelogen worden war. Wieso erzählte man den Kindern, Babys würden vom Klapperstorch gebracht, wenn es doch gar nicht stimmte? Babys kamen aus dem Bauch der Mutter. Das hatte ich nun in aller Deutlichkeit gerade eben erlebt.

Die Hebamme saß jetzt direkt neben meiner Mutter und streichelte ihr übers Haar. Nach einer

Weile legte sie die Brüste meiner Mutter frei und schob das Baby an eine Brust heran. Sie nahm die Brust meiner Mutter in die Hand und legte zwei Finger der anderen Hand um die Warze herum. Das Baby schien zu erkennen, was es vor sich hatte, und begann augenblicklich daran zu saugen.
Langsam taten mir die Füße weh. Es kam mir vor, als würde ich bereits Stunden hinter der Gardine ausharren. Die Frauen schwiegen und nur das Schmatzen des Kindes erfüllte den Raum. Ich hätte mich mal trauen sollen, so laut zu schmatzen. Das hätte mir aber am Tisch mit Sicherheit einen Rüffel eingebracht. Babys durften das offensichtlich.
Nachdem sich das Kind sattgetrunken hatte, half die Hebamme meiner Mutter beim Richten ihres Nachthemdes. Anschließend deckte sie Mutter und Kind zu. Die Hebamme stand nun neben dem Bett und blickte meine Mutter zärtlich an. Die guckte genauso zärtlich und dankbar zurück. Nach einer Weile löste sich die Hebamme aus ihrer Starre, ging zur Tür und öffnete. Herr Jensen, unser Chef-Knecht, sprang sofort auf.
„Teilen Sie dem Herrn Baron bitte mit, dass er Vater einer gesunden Tochter geworden ist. Obendrein können Sie jetzt die Kinder durchlassen."

Ich sah, wie Herr Jensen das Gesicht verzog, sich sofort wieder in der Gewalt hatte und davoneilte. Keine zwei Sekunden später standen meine Schwestern um das Bett herum, um Mutter und Kind in Augenschein zu nehmen.

„Mutter! Mutter! Wir haben den Klapperstorch gar nicht gesehen!"

„Der hat sich verflogen und ist durch den Schornstein gekommen."

Die Mädchen waren ganz aufgeregt und zappelten um unsere Mutter herum.

„Nun beruhigt euch mal. Ihr macht ja die Kleine ganz rammdösig."

Meine Schwestern setzten sich um Mutter und Kind herum.

„Sagt mal, wo ist denn Michaela?"

In dem allgemeinen Getümmel war ich hinter der Gardine hervorgetreten.

„Hier bin ich. Ich war auf dem Klo."

Nun trat auch ich ans Bett, um mir meine neue Schwester anzuschauen.

Volle drei Tage lang schmollte mein Vater, bevor er sich dazu herabließ, seine Frau und sein jüngstes Kind zum ersten Mal zu besuchen. Die Geburt seiner Tochter hatte ihn noch mürrischer werden lassen. Ich hatte mehrmals mit ansehen müssen, wie er die Melkerin und eine Küchenmagd ohrfeigte. Wäre nicht Herr Jensen dazwischen gegangen, hätte, er sie wohl halb totgeschlagen.

Vor Herrn Jensen, der eigentlich immer sehr nett zu uns war, hatte mein Vater Angst. Der war nicht nur fast einen Kopf größer als er, sondern auch wesentlich breiter. Der hielt mühelos ein Pferd fest, das zuvor drei andere Männer mitgeschleift hatte. Obendrein wusste mein Vater natürlich genau, dass Herr Jensen auf der Seite meiner Mutter stand und dass Ungerechtigkeiten nicht die Sache dieses Mannes waren.

Meine Mutter war die Chefin von Herrn Jensen und genau das ließ er meinen Vater hin und wieder spüren, wenn der mal wieder durchdrehte.

Vor Jahren, ich war noch ziemlich klein gewesen, hatte mein Vater mal einen Wutanfall bekommen und damit begonnen, auf meine Mutter einzuprügeln. Herr Jensen war sofort herbeigeeilt, hatte meinen Vater hochgehoben und aus dem Zimmer getragen.

„Herr Baron! So etwas tut man nicht. Sie sind doch schließlich ein Gentleman oder?"

„Scheren Sie sich zum Teufel! Sie sind entlassen!"

„Herr Baron, nur um das ein für alle Mal zu klären: Ihre Frau hat mich eingestellt. Ihre Frau zahlt mir meinen Lohn. Ihre Frau ist die Chefin hier. Und sollte meiner Chefin etwas zustoßen, werde

ich ganz böse. Und sollten Sie es sein, der ihr etwas antut, dann werde ich Sie höchstpersönlich in der Pferdetränke ersäufen. Wenn mich jemand kündigen kann, dann ist es meine Chefin und bestimmt nicht Sie. Haben wir uns verstanden, Herr Baron?"
Danach hatte Herr Jensen meinen Vater auf den Boden gestellt und angelächelt. Mein Vater hatte sich zornbebend umgedreht und war davongeeilt.
„Herr Jensen! Sie haben Grenzen überschritten! Das hat ein Nachspiel!"
„Gewiss, Herr Baron."

Am liebsten mochte ich meine Tante Brigitte, eine jüngere Schwester meines Vaters. Diese lebte völlig nutzlos mit in unserem Haus. Meinem Vater war das gar nicht recht, aber sie ließ sich partout nicht vertreiben oder gar zu seinem Nutzen verheiraten.
Sie hatte immer Zeit für uns. Ob aufgeschlagenes Knie, zerrissene Strümpfe oder vom Tollen zerzauste Haare – sie war stets zur Stelle, um zu trösten, zu flicken oder zu kämmen.
Tante Brigitte richtete es und, was das Schönste war, sie verpetzte uns nicht. Ich liebte sie heiß und innig und hatte beschlossen, wenn es denn bei mir einmal soweit sein sollte, sie zu heiraten. Immer wenn ich davon sprach, brachen aller-

dings alle nur in großes Gelächter aus. Na ja, die nahmen mich halt nicht ernst, aber eines Tages, da würde ich es ihnen schon noch zeigen. Und dann würde ihnen ganz bestimmt das Lachen vergehen.

Eine Beziehung war dazu da, um prächtige Stammhalter und wunderschöne Maiden zu produzieren, die man sobald wie möglich geschäftlich gut einsetzen konnte. Wenn ich heimlich die Menschen aus unseren Kreisen belauschte, hörte ich immer wieder, dass es am besten sei, nur einen Stammhalter zu haben und drei oder vier Maiden. Gab es mehr als einen Stammhalter, konnte es zu Kompetenzrangeleien kommen, die dem elterlichen Betrieb großen Schaden zufügen konnten. Und drei oder vier Maiden konnte man gut mit anderen begüterten Herren verheiraten und so nicht nur die unnützen Esserinnen loswerden, sondern gleichzeitig auch noch einige viel versprechende geschäftliche Beziehungen vertiefen oder sogar neu knüpfen.

Ein paar Wochen später stritten wir darum, wer unsere kleine Charlotte im Kinderwagen durch die Gegend schaukeln durfte. Mutter war es eines Tages zu viel geworden und hatte einen Fahrplan aufgestellt. Jede durfte eine Viertelstunde mit dem Kind herumfahren. Eifersüchtig notierten wir die Uhrzeiten, um zu verhindern, dass sich eine von uns ein paar Sekunden extra verschaffen konnte.

Während der Schiebepausen hielt ich mich gern im Garten auf. Ich liebte es, im Gras zu sitzen, Schmetterlinge zu beobachten und die Welt an mir vorbeiziehen zu lassen. In solchen Momenten war ich nur bei mir. Hin und wieder gingen mir staatstragende Gedanken durch den Kopf.

Immer wieder war mir erklärt worden, ich würde in ein paar Jahren heiraten und ebenfalls Kinder bekommen. Nachdem, was ich miterlebt hatte, war ich mir da nicht mehr so sicher. Wollte ich wirklich einen Mann haben? Wenn der nun auch so war, wie mein Vater, würde ich, könnte ich überhaupt mit so einem Menschen glücklich werden? Wozu brauchte man eigentlich einen Mann? Meine Mutter war eine Frau und schmiss den Laden. Meine Mutter beaufsichtigte eigentlich alles, während mein Vater nur so tat, als würde er das tun. Bei genauem Hinsehen war der eigentlich überflüssig.

Dass ich ohne ihn nicht existieren würde, wusste ich damals noch nicht. Ich wusste jetzt, wie ein Kind den Bauch der Mutter verließ, allerdings noch nicht, wie es dort hineingekommen war. Natürlich hatte ich auch darüber ausführlich nachge-

dacht. Allerdings war ich zu keinem befriedigenden Ergebnis gekommen. Irgendwie schien ein Kind im Mutterleib heranzuwachsen. Ich hatte bei meiner Mutter gesehen, dass ihr Leib nicht sofort dick und rund gewesen war, sondern sich Stück für Stück dahinentwickelt hatte.
Sollte das vielleicht ähnlich ablaufen, wie bei Kühen und Pferden? Obwohl man stets versucht hatte, uns Mädchen davon fernzuhalten, wenn ein Hengst auf eine Stute sprang, so hatte ich im Laufe der Jahre solche Akte doch mehrmals aus einem meiner Verstecke heraus beobachtet. Dass ein Hengst untenherum anders aussah, als eine Stute, war mir schon vor Jahren aufgefallen. Allein beim Pinkeln war der Unterschied deutlich zu sehen gewesen. Während die Stute pinkelte, wie ich, nämlich aus einem kleinen Loch am Unterleib, so hatte der Hengst eine Art Schlauch, den er ausfuhr, wenn er Wasserlassen musste.
Mit unglaublichem Erstaunen hatte ich eines Tages mitansehen müssen, dass dieser Schlauch ganz steif werden konnte, bevor er sich der Stute näherte. Dann war er von hinten aufgesprungen und hatte diesen Schlauch in den Po der Stute gesteckt. Meine Mutter und ein paar Mägde hatten dabeigestanden und in die Hände geklatscht, wenn der Hengst seinen Schlauch aus dem Po der Stute zurückgezogen hatte. Dabei war stets eine

helle Flüssigkeit aus dem Po der Stute gelaufen. Der Schlauch des Hengstes war wieder kleiner geworden und anschließend hatten die Frauen die Pferde wieder voneinander getrennt auf die Weide geführt. Ein paar Monate später hatte die Stute ein Fohlen geboren. Konnte es sein, dass das bei Menschen ähnlich funktionierte?
Ich rätselte hin und her. Einerseits war ich drauf und dran, genau das zu glauben. Andererseits konnte ich mir nicht vorstellen, dass meine Mutter es zulassen konnte, wenn mein Vater einen Schlauch in ihren Po steckt.
Nicht, dass ich nicht selbst im Laufe der Jahre Gefühle in Unterleib entwickelt hätte. Nein, schöne Minuten bereitete ich mir hin und wieder im Garten, aber einen Schlauch im Po zu haben, und dann noch von der unglaublichen Größe, nein, das konnte ich mir nicht vorstellen. Allein bei dem Gedanken, schüttelte es mich. So ein Akt musste doch furchtbar wehtun. Mir reichte es schon, wenn ich mal harten Stuhlgang hatte. Wie sollte dann ein solches Monstrum in meinen Po passen. Und ich konnte mir nicht vorstellen, dass der Po meiner Mutter größer war, als meiner.
Bei Stuten war das was anderes. Deren Po war um ein Vielfaches größer, als meiner. Auch Kühe waren da anders bestückt, als Mutter und ich. Obendrein wollte mir nicht einleuchten, wie Män-

ner einen solchen Schlauch in ihren Hosen verstauen sollten. So ein Monstrum musste doch beim Gehen oder Sitzen fürchterlich hinderlich sein. Nein, bei Menschen musste das irgendwie anders laufen. So, jedenfalls nicht.

Obwohl es uns Mädchen natürlich bei Todesstrafe verboten war, uns unter dem Kleid zu berühren, sobald diese Berührungen nicht der Reinlichkeit dienten, hatte ich mich hin und wieder selbst befingert. Allerdings hatte ich irgendwann einen Weg gefunden, um das Verbot zu umgehen.
Eines Tages saß ich mal wieder im Gras. Mein Kleid hatte ich zuvor gelüpft, wie das damals genannt wurde. Also berührte mein unbekleideter Po den Untergrund. Aber nicht nur am Po spürte ich das weiche Gras, dessen Halme mich manchmal pieksten, nein, auch weiter vorn tat es das.
In dem Augenblick kam mir eine Idee. Ich stand auf, um mich sofort wieder hinzuhocken. Ich hockte mich so tief, dass ich das Gras zwischen meinen Beinen spürte. Dann schob ich meinen Unterleib etwas hin und her und genoss das mich streichelnde Gras. Ein heißer Schauer überkam mich und ich brach sofort ab. So etwas hatte ich bis dahin noch nicht erlebt. Ein paar Tage lang traute ich mich nicht, das zu wiederholen, aber dann konnte ich nicht anders und schon nach

wenigen Momenten stellte sich das unglaublich schöne Gefühl erneut ein.

Stück für Stück tastete ich mich an meinen ersten Höhepunkt heran. Es sollte fast zwei Wochen dauern, bis der sich einstellte. Ich wäre fast von den Beinen gekippt. Ich musste mit Macht mein Gleichgewicht halten.

Plötzlich stand Elsbeth, meine nächstjüngere Schwester neben mir.

„Was ist mit dir? Hast du Eierlikör getrunken?"

„Nein, ich habe nur kurz das Gleichgewicht verloren."

„Und warum hast du einen ganz roten Kopf?"

„Ach, das ist wohl die Sonne. Mir ist etwas warm hier draußen."

„Na, so warm ist es nun auch wieder nicht."

Um diese fruchtlose Diskussion nicht ausarten zu lassen, sprang ich auf die Füße und rannte einem Schmetterling hinterher. Auch Elsbeth, Elvira und Karin hatten den entdeckt und so entbrannte eine wilde Jagd nach dem Flattertier.

Kaum allein, rätselte ich wieder einmal vor mich hin. War das, was ich erlebt hatte, nun verboten oder nicht? Eigentlich hatte ich kein Gesetz gebrochen, da ich mich da unten nicht selbst berührt hatte. Das war ja das Gras gewesen. Nützte es was, wenn man das Gras deswegen ausschimpfte? Ich konnte mir schwerlich vorstellen, dass man das Gras mit einem Donnerwetter wirklich beeindrucken konnte. Gras interessierte ein Donnerwetter eher wenig.

Wenn also das Gras schuld war, konnte ich schlecht schuld sein. Und konnte man dem Gras das streicheln untersagen? Auch daran würde sich das Gras wohl eher nicht halten. Man konnte es zur Strafe abmähen. Aber dann würde es eben wiederwachsen und man stand vor demselben Problem, wie zuvor. Ich kam also zu dem Schluss, dass das Höhepunktkriegen mithilfe des Grases gegen kein Gesetz verstieß. Das wiederum hieß, dass ich mithilfe des Grases weiterhin Höhepunkte kriegen durfte.

Diese Einsicht brachte weitere Einsichten ans Tageslicht, da auch das Ausschimpfen von z. B. Treppengeländern und sonstigen Gegenständen wenig Sinn machte. Nach und nach wurde mir klar, dass mir nun unglaublich viele Möglichkeiten zur Verfügung standen, um Höhepunkte herbeiführen zu lassen. Das mag im ersten Moment komisch klingen, aber ich hatte mich mit mir darauf geeinigt, dass ich selbst keine Möglichkeit hatte, einem solch schändlichen Treiben aus dem Weg zu gehen. Schließlich konnte ich ja am aller wenigsten dafür, wenn allerorten Dinge auf mich lauerten, die weiter nichts im Kopf hatten, als mir Höhepunkte zuzufügen.

Ach, das Leben konnte aber auch manchmal kompliziert sein, nicht wahr?

Eines Tages tollte ich gemeinsam mit meinen Schwestern auf dem Hof herum, als unser Vater um die Ecke bog. Kaum hatten wir ihn kommen sehen, stoben wir auseinander. Keine von uns hatte Lust, mit ihm zusammenzustoßen. Ich rannte um mein Leben, riss die Tür zum Pferdestall auf und verschwand im Inneren. Ich drehte mich blitzschnell um, um durch den Türspalt zu schielen. Mein Vater kam auf den Pferdestall zu und ich sprintete in eine der Boxen, um mich im Stroh zu verstecken.

Nach einer Weile stellte ich fest, dass mein Vater den Pferdestall gar nicht betreten hatte. Vorsichtig lauschte ich in die Runde, ohne ein verdächtiges Geräusch wahrzunehmen. Ich stand auf und schlich aus der Pferdebox heraus. Als ich endlich nach bangen Minuten die Tür erreicht hatte und vorsichtig nach draußen lugte, stellte ich erleichtert fest, dass mein Vater nicht mehr zu sehen war.

Plötzlich vernahm ich ein scharrendes Geräusch von oben. Mir stockte das Blut in den Adern. War mein Vater vielleicht heimlich auf den Boden geschlichen, um mich nun von hinten zu attackieren? Ich wagte es nicht, mich zur Treppe hin umzudrehen, und blieb stocksteif stehen. Nur keine falsche Bewegung machen. Nur keine Provokation auslösen.

Da keine weiteren Geräusche folgten, drehte ich mich langsam um. Was war das für ein Geräusch gewesen? Langsam schritt ich auf die Bodentreppe zu und starrte nach oben. Über mir tat sich ein schwarzes Loch auf. Sollte ich mal hochgehen und nachschauen? Ich zauderte. Herr Jensen hatte uns Kindern mehrfach eingetrichtert, dass der Boden für uns tabu sei, da dort eine böse Hexe wohnen würde, die nichts lieber äße, als junge Mädchen.

Da wir natürlich das Märchen von Hensel und Gretel kannten, hatten wir stets einen großen Bogen um diese Treppe gemacht. Weder meine Schwestern, noch ich, hatten je den Drang verspürt, uns von der bösen Hexe vertilgen zu lassen.

Diesmal war es allerdings anders. Ich stand vor der Treppe und überlegte. Wieso hatten wir diese Hexe niemals zu Gesicht bekommen? Hin und wieder hatten wir von oben ein Scharren gehört, ein Klopfen oder Trommeln, aber gesehen hatten wir die Hexe noch nie. Konnte es sein, dass da oben gar keine Hexe wohnte, dass man uns diese gruselige Geschichte nur erzählt hatte, um uns

vom Boden fernzuhalten? Also, ganz ehrlich, sicher war ich mir damals nicht wirklich.
Allerdings siegte die Neugier. Ich setzte meinen Fuß auf die erste Stufe, dann den zweiten auf die zweite. Mit zitternden Knien stand ich bald auf Stufe vier. Plötzlich scharrte es oben erneut. Ich drehte mich auf dem Fuße und sprang zurück auf den Fußboden. Ohne auf meinen Vater oder sonstige Unholde zu achten, stürzte ich aus dem Pferdestall, um erst hinter der nächsten Gebäudeecke hechelnd zum Stillstand zu kommen.
Meine Güte, was bist du doch für ein Hasenfuß, schalt ich mich selbst. Nun warst du schon auf der vierten Stufe und rennst bei jedem noch so kleinem Geräusch davon, als seien sämtliche Furien hinter dir her.
Ich riss mich zusammen und schlich, um mich spähend, am Pferdestall entlang. Ruckzuck stand ich erneut vor der Treppe. Diesmal würden mich keine zehn Hexen daran hindern, nach oben zu gehen. Allerdings verließ mich mein selbstgemachter Mut binnen weniger Sekunden wieder. Hatte ich mir noch eben vorgenommen, in Höchstgeschwindigkeit die Treppe zu entern, so blieben meine Beine auf Stufe sechs wie angewurzelt stehen. Da ich kein weiteres Geräusch wahrnahm, stieg ich langsam weiter nach oben. Ab Stufe fünfzehn konnte ich in den Bodenraum

blicken. Von einer Hexe war weit und breit nichts zu sehen. Ich blieb eine Weile stehen, um mich umzuschauen. Es dauerte ein paar Sekunden, bis sich meine Augen an die Dunkelheit gewöhnt hatten.
Stück für Stück schälten sich ein paar Umrisse aus der Dunkelheit und ich stellte fest, dass es hier oben gar nicht völlig dunkel war. Das hatte von unten nur so ausgehen. Hier und da fielen ein paar Sonnenstrahlen durch kleine Lücken in der Ziegelbedachung.

Ja, wir hatten überall eine Ziegelbedachung. Magda, die Obermelkerin, hatte mir mal erzählt, dass früher alle Gebäude mit Stroh bedeckt waren, meine Mutter aber kurz vor meiner Geburt angeordnet hätte, das marode Strohdach durch ein Ziegeldach ersetzen zu lassen. Im Nachbarort hatte ein Blitzschlag ein ganzes Gehöft in Schutt und Asche gelegt und einer solchen Katastrophe wollte meine Mutter vorbeugen.

Endlich hatte ich die Treppe hinter mich gebracht und stand nun auf den Bodenbrettern. Obwohl mir nach wie vor mulmig zumute war, drehte ich mich nach links, um den Bodenraum in Augenschein nehmen zu können. Der Bodenraum hatte riesige Ausmaße, da er den ganzen Pferdestall überspannte. Rechts stand ein Gerät, das ich nicht zuordnen konnte.

Ich sollte später erfahren, dass es sich um einen Strohschneider handelte. Einer der Knechte schnitt hier oben das Stroh, um es dann, auf die richtige Länge gebracht, durch eine Luke nach unten zu werfen und in den Boxen verteilen zu können.

Dahinter lagen Berge von Heu. Auf der linken Seite war das Stroh aufgeworfen und in der Mitte ein Gang gelassen worden, der sich bis zur Giebelmauer erstreckte. In der Giebelmauer hatte man hier und da einen halben Stein weggelassen und ich konnte die Lichtstrahlen deutlich im Luftstaub erkennen.
Plötzlich wurde ich schlagartig aus meinen Gedanken gerissen. Rechts neben mir hatte sich etwas bewegt. Ich drehte mich auf der Stelle um und stürmte die Treppe hinunter. Als ich gerade die Tür zum Hof erreicht hatte, vernahm ich ein leises Maunzen. Ich blieb stehen und lauschte angestrengt nach oben. Als ich das Maunzen ein zweites Mal vernahm, musste ich über mich selbst und meine Angsthäsigkeit laut lachen. Was war ich doch blöd gewesen! Ich, großes Mädchen, hatte mich vor einer winzigen Katze gefürchtet.

Ich drehte mich um und erklomm die Treppe erneut. Mutig trat ich am Strohschneider vorbei und stand plötzlich vor einem Wurf kleiner Katzen. Hier also hielt sich unsere Hofkatze auf, um ihre Kinder zu versorgen. Hier oben hatte sie die Kleinen versteckt. Als die Mutterkatze aufsprang und über die Bodenbretter huschte, erkannte ich die Geräusche wieder, die mich noch wenige Augenblicke zuvor so maßlos erschreckt hatten.
Ich beugte mich vornüber und streichelte die winzigen Wollknäule. Weich und zart und zerbrechlich fühlten sie sich an. Während die Kleinen ein wohliges Fiepen hören ließen, begann die zurückgekehrte Mutterkatze zu schnurren. Um das Familienleben der Katzen nicht länger zu stören, richtete ich mich langsam auf, um ein Erschrecken der kleinen Racker durch eine plötzliche Bewegung zu vermeiden. Vorsichtig drehte ich mich um und stieg die Treppe hinab.
Schon auf der Treppe kamen mir die ersten Erkenntnisse. Erstens wohnte da oben keine Hexe, sondern unsere Katzenfamilie. Zweitens würde ich das Gesehene niemals weitertragen, da mir sofort klar war, dass, wenn meine Schwestern davon Wind bekommen sollten, die Katzen keine ruhige Minute mehr hätten.
Ab dem Tag besuchte ich die Katzenfamilie häufiger, um mich nach ihrem Wohlergehen zu er-

kundigen und das Aufwachsen der Katzenkinder verfolgen zu können.

Ja, ja, meine Neugier! Wenn ich heute daran denke, was hat sie mir doch für Erkenntnisse beschert. Ich war zwar damals erst acht Jahre alt, aber die Erfahrungen, die ich bis dahin gesammelt hatte, waren schon ziemlich wichtig für mein späteres Leben. Da fällt mir eine Geschichte ein, die wirklich prägsam für mich war:
Unser riesiges Haus besaß so viele Gänge und Türen, dass ich es mir schon sehr früh zur Aufgabe gemacht hatte, alle einmal begangen oder geöffnet zu haben, bevor ich alt und grau werden würde. Die blöden Spiele meiner jüngeren Schwestern fand ich stinklangweilig und so setzte ich mich immer mal wieder ab.
Wenn ich Lust verspürte, mich aus ihren Spielen auszuklinken, schlug ich einfach das Suchspiel vor, um mich heimlich verdrücken zu können. Ich fand es ziemlich lustig, wenn die anderen in unserem riesigen Park krampfhaft nach mir riefen, während ich heimlich durch die verlassenen Gänge huschte und wieder einmal eine neue Tür entdeckt hatte.

Da ich schon einmal beim „Schnüffeln" – so nannte es meine Mutter – erwischt worden war, hatte

ich meine Techniken im Laufe der Zeit Stück für Stück verfeinert. Ich hatte z. B. herausgefunden, wie ich mich fast lautlos über die Flure bewegen konnte. Außerdem konnte ich mittlerweile ganz leise die Türen öffnen. Das war gar nicht so schwer. Ich musste die Tür nur ganz fest gegen den Rahmen pressen und schon konnte ich die Klinke leicht und fast ohne Geräusch niederdrücken. Dann öffnete ich die Tür nur eine ganze Winzigkeit, um die Lautstärke des Knarrens der Angeln zu testen. So konnte ich mir manches Zimmer ansehen, ohne erwischt zu werden.
Ach, was war da alles zu sehen! Wahre Schätze lagen hin und wieder offen vor mir. Edle Möbel und Teppiche, soweit das Auge reichte. Am liebsten waren mir Schränke und Kommoden; Kommoden noch lieber als Schränke, da die für mich einfacher zu erreichen und zu öffnen waren.

So, nun zu meinen Erfahrungen: Eines Tages, als ich mal wieder durch dieses Labyrinth schlich, hörte ich von weitem einen erstickten Schrei. Ich machte mich, so schnell ich schleichen konnte, auf den Weg, um diesem Schrei auf den Grund zu gehen. Leider folgte erst einmal kein zweiter Schrei, sodass ich ein wenig hin und her irrte. Meine Sinne waren aufs Äußerste geschärft. Dann war wieder ein Geräusch zu hören und ich lief, so schnell ich konnte, darauf zu. Ich war schon an der Geräuschtür vorbei gerannt, als wieder ein erstickter Schrei zu hören war. Ich blickte mich nach allen Seiten um und stellte mich, da niemand in der Nähe war, direkt vor diese interessante Tür.

Als ich durchs Schlüsselloch spähte, erkannte ich einen unserer Hausangestellten. Seine Hose hing ihm in den Kniekehlen und er machte ganz merkwürdige Wippbewegungen. Mehr konnte ich nicht sehen, da das Schlüsselloch meinen Sichtkreis ziemlich einschränkte. Was machte der da drin und warum schrie er immer so komisch dabei?

Ich nahm allen Mut zusammen und drückte die Klinke ganz langsam nieder. Dem Himmel sei Dank, machte sie kein lautes Geräusch. Langsam, ganz langsam, öffnete ich die Tür einen kleinen Spalt weit. Mein Herz schlug mir bis zum Hals, da ich ahnte, dass hier etwas passierte, das nicht für meine Ohren und Augen bestimmt war.

Jetzt konnte ich mehr sehen. Eines unserer Dienstmädchen kniete vor einem Bett. Ihr Oberkörper lag flach auf der Matratze. Ihre Röcke waren nach oben geschlagen. Unser Bote kniete hinter ihr und presste immer wieder seinen nackten Unterleib ruckhaft gegen ihren Po. Das schien ihr fürchterlich wehzutun, denn sie versuchte mehrmals, ihm

zu entkommen. Er drückte sie allerdings jedes Mal gnadenlos nieder. Sie hatte gegen diesen Unhold offensichtlich keine Chance. Dann bäumte er sich plötzlich auf und sackte etwas zusammen. Nun ließ er von ihr ab, stand auf und zog sich seine Hose wieder hoch.
Sie blieb völlig fertig in dieser Position liegen. Jetzt erst bemerkte ich, dass ihr ganzer Körper bebte. Sie weinte und schluchzte in die Kissen, bewegte sich aber keinen Zentimeter von der Stelle. Ich konnte sehen, dass aus ihrem Strulli eine weißliche Flüssigkeit heraussickerte. Was hatte der Mann da mit ihr gemacht?
Ich konnte mir die ganze Sache nicht erklären, aber eines wusste ich von diesem Zeitpunkt an: Ein Mann tut einer Frau nur weh, und genau das würde ich mir ersparen. Niemals in meinem Leben würde ich mich so vor ein Bett kriegen lassen. Das stand fest.
Ich ließ diese Tür, Tür sein und rannte zur nächsten Tür. Ich öffnete sie so laut wie möglich und schlug sie, ohne einzutreten, wieder zu. Dann rannte ich, so schnell mich meine kleinen Füße trugen, um die nächste Flurecke und spähte zurück. Der Bote war aus der Tür gestürzt und blickte sich nach allen Seiten um. Ich war ziemlich sicher vor ihm, da ich im nächsten Quergang

hockte und zusätzlich noch von einer, an der Ecke stehenden, großen Vase verdeckt wurde.
Seine Kleidung ordnend, ging er in die, von mir abgewandte, Richtung davon. Ein Stein fiel mir vom Herzen. Jetzt wartete ich noch auf das arme Dienstmädchen und blieb einfach hocken. Es dauerte und dauerte und mir wurde es zu langweilig. Gerade als ich gehen wollte, kam sie aus dem Zimmer. Ihre Röcke waren wieder unten. Das war allerdings auch alles, was an ihr normal war. Sie schluchzte noch immer. Ihre Haare waren total durcheinander und das Gesicht war völlig verschwollen. Er musste sie wohl auch noch durch Schläge gefügig gemacht haben. Sie hatte den oberen Teil ihrer Schürze nach unten geschoben und ordnete ihre Bluse. Schwankend und humpelnd schlich sie davon.

Erst viele Jahre später erkannte ich, dass ich da eben eine Vergewaltigung miterlebt hatte. Ich hatte zwar schon erkannt, dass das, was da eben vor meinen Augen abgelaufen war, nicht Recht gewesen sein konnte, konnte allerdings nicht viel tun, da ich Angst hatte, dann in mein Zimmer eingesperrt zu werden. Mein „Schnüffeln" wurde gar nicht gern gesehen.
So pflückte ich immer mal wieder ein paar Blumen im Garten und brachte sie dem armen

Dienstmädchen. Komischerweise freute sie sich nie darüber und warf die Blumen immer gleich wieder auf unseren Komposthaufen. Erst etwas später kriegte ich heraus, dass sie dachte, die Blumen kämen von ihrem Peiniger. Nach dem nächsten Blumenpflücken übergab ich ihr den Strauß direkt. Sie lächelte mich an und fragte, warum ich ihr denn Blumen schenken würde. Och, sagte ich, weil sie einfach die Netteste von allen sei. Von nun an landeten meine Blumen nicht mehr auf dem Kompost.

Lange konnte ich dieses Ritual allerdings nicht mehr praktizieren. Sie wurde irgendwann mit Schimpf und Schande aus dem Haus gejagt. Der Bote hatte sie geschwängert. Sie hatte das meiner Mutter in ihrer Not gebeichtet. Meine Mutter hatte ihr allerdings nicht geglaubt oder nicht glauben wollen und da meine Mutter ja, wie schon gesagt, sehr auf Etikette achtete, konnte ein uneheliches Balg – wie sie es nannte – nicht in unserem vornehmen Haus geduldet werden. Ich fand das extrem ungerecht und heulte mir die Augen aus, hatte aber trotzdem nicht den Mut, zu erzählen, was ich gesehen hatte. Jahrelang machte ich mir deswegen Vorwürfe und es half mir auch nicht viel, dass ich den Boten von da an nur noch mit Nichtachtung strafte.

Allerdings hatte ich mir fest vorgenommen, ihm diese Schweinerei heimzuzahlen. Also schlich ich immer mal wieder hinter ihm her. Und richtig, ein paar Wochen nach dem Rauswurf meines Lieblingsdienstmädchens, drängte er erneut eine unserer Angestellten in das besagte Zimmer. Auch dieses junge Mädchen wehrte sich nach Kräften, hatte aber keine Chance. Ich rannte, so schnell ich konnte, zu unserer Hauswirtschaftsleiterin und erzählte, dass ich da komische Geräusche in dem und dem Flur gehört hätte. Sie war nicht sehr interessiert an meinem Gespinne – wie sie es nannte. Erst als ich ihr berichtete, dass ich meinte, die Stimme unseres ganz speziellen Boten gehört zu haben, wurde sie hellhörig. Sie sprang auf, schrie der Köchin zu, diese solle ihr auf der Stelle folgen und rannte in die, von mir beschriebene, Richtung. Ich natürlich hinter den beiden her. Das durfte ich mir nicht entgehen lassen.
Leider waren die beiden Damen nicht nur wesentlich schneller als ich, sondern ich musste auch noch einmal kräftig ausrutschen. So kam ich erst um die Flurecke gerannt, als die beiden Damen gerade die Tür öffneten. Da sie diese hinter sich zuschlugen, hatte ich keine Möglichkeit zu sehen, was da im Zimmer abging und reingetraut hätte ich mich im Leben nicht. Allerdings konnte ich mir vor meinem inneren Auge schon ausmalen,

was da passierte. Das Getöse war nämlich laut genug.

Plötzlich wurde die Tür aufgerissen. Der Bote kam herausgehüpft. Ja, gehüpft! Seine Hose hing ihm nämlich noch in den Kniekehlen. Die Leiterin und die Köchin folgten ihm auf dem Fuße und schlugen mit Teppichklopfern auf ihn ein. Durch seine eingeschränkte Gehfähigkeit hatte er natürlich keine Chance den Teppichklopfern zu entgehen. Und als er dann auch noch lang hinschlug, wurde er zusätzlich mit Fußtritten malträtiert.

Ich wusste in dem Moment nicht, ob ich lachen oder weinen sollte. Ich entschied mich fürs Lachen, weil die Szene mir doch recht lustig vorkam und weil ich es dem Boten gönnte, was da mit ihm gemacht wurde.

Nun kam auch die Magd aus dem Zimmer. Ihre Kleidung war wieder völlig in Ordnung. Sie ging auf das winselnde, am Boden liegende Etwas zu und stellte sich breitbeinig davor auf. Dann hob sie mit der linken Hand ihren Rock hoch. Mit der rechten fasste sie nach unten, grub ihre Finger in die Haare des Boten und zog ihn etwas hoch.

Dann sagte sie laut: „Was du hier siehst, ist mein Paradies und wenn du es noch einmal mit deinem derckigen Schwanz berühren solltest, bringe ich dich um!"

Daraufhin zog sie blitzartig eines ihrer Knie hoch und verpasste ihm damit einen mörderischen Stoß ins Gesicht. Ich hörte es knacken und der Bote bäumte sich auf, diesmal allerdings aus einem anderen Grund als zuvor.

Die Leiterin erklärte dem Unhold, dass sie alles meiner Mutter berichten würde. Was dann mit ihm geschehen würde, müsste die Hausherrin entscheiden. Sie eilte davon und ließ das Trio allein. Die Magd und die Köchin bewachten den Boten und als er noch einmal versuchte, zu fliehen, bekam er einen weiteren harten Kniestoß verpasst. Und als er versuchte, seine Hose hochzuziehen, bekam er einen Fußtritt in den nackten Unterleib, der ihn dazu veranlasste, einen spitzen Schrei auszustoßen. Es war schon komisch für mich, wie sich diese Schreie doch ähnelten. Die andere Magd hatte auch so geschrien, als er sie vergewaltigt hatte.

Meine Mutter kam nach wenigen Sekunden wie eine Furie angerannt. Die Köchin war hinter ihr, konnte ihrem Schritt kaum folgen. Komisch, dachte ich erstaunt, ich wusste gar nicht, dass meine Mutter so schnell sein konnte. Sonst achtete sie stets darauf, bloß nicht zu unweiblich zu erscheinen. Und Rennen galt als absolut unweiblich.

Na ja, wie auch immer, nachdem der Bote noch ein paar kräftige Ohrfeigen von meiner Mutter eingesteckt hatte, wurde ihm fristlos gekündigt.
„Sie werden dafür bezahlen. Das kann ich Ihnen flüstern. Wie gehen jetzt gemeinsam in ihr Zimmer und dort packen Sie Ihre Sachen. Anschließend will ich Sie auf meinem Grund und Boden nicht mehr sehen. Sollten Sie es noch einmal wagen, eine Frau gegen ihren Willen zu berühren, werde ich Sie eigenhändig in die ewigen Jagdgründe schicken. Ist das angekommen?"
Der Dienstbote nickte, während er sich die Nase hielt.
Danach wurde er in sein Dienstbotenzimmer eskortiert. Unter der Aufsicht der drei aufgebrachten Damen musste er seine paar Habseligkeiten zusammenpacken. Die Köchin teilte ihm zum Abschied in gefährlich leisem Ton mit, dass sie ihm sein Ding abschneiden würde, sollte ihr noch einmal so eine Geschichte zu Ohren kommen. Ich denke, dass der Bote in dem Moment bemerkte, dass sie ihre Drohung, ohne mit der Wimper zu zucken, wahr machen würde.
Wie ein elendes Bündel schlich er von dannen. Ich habe Ewigkeiten nichts mehr von ihm gehört. Erst Jahre später erfuhr ich, dass ihm ein gehörnter Ehemann den Schädel eingeschlagen haben soll. Ob das allerdings der Wahrheit ent-

spricht, weiß ich nicht genau. Ich selbst habe ihn nie wieder zu Gesicht bekommen. Und ehrlich gesagt, habe ich das auch nicht bedauert.

Was mich dann doch sehr gefreut hat war, dass meine Mutter der zuvor gekündigten Magd einen erklecklichen Geldbetrag zukommen ließ, um das Unrecht wenigstens ein bisschen zu mildern. Mutter hatte ihr sogar angeboten, wieder bei uns im Haus zu arbeiten. Das hatte die Magd allerdings abgelehnt, was mich sehr traurig machte. Und auch als ich sie persönlich darum bat und ihr versprach, ihr jeden Tag einen Blumenstrauß zu schenken, lehnte sie ab. Sie nahm mich kräftig in den Arm, drehte sich abrupt um und ging davon.

Eines Tages setzte sich mein Vater in einer Soldatenuniform an den Mittagstisch. Meine Mutter war nicht erfreut.
„Was soll das, Hans?"
„Was meinst du?"
„Wieso trägst du jetzt auch schon tagsüber diese grauenvolle Uniform?"
„Weil sich das so gehört, meine Liebe."
„Es fehlt nur noch, dass du mit diesen Irren durch die Gegend ziehst und „Heil Hitler" schreist."
„Was soll das heißen?"

„Es soll heißen, dass ich es nicht möchte, wenn du hier auf dem Hof und auch im Haus wie einer dieser braunen Trottel herumläufst."
Mein Vater lief rot an.
„Was fällt dir ein, die neue Elite als braune Trottel zu bezeichnen?"
„Weil diese neue Elite, wie du sie nennst, nichts, aber auch rein gar nichts mit Elite zu tun hat. Wie kann man so blöd sein und diesen Unterbelichteten hinterherlaufen?"
„Findest du es gut, wenn du mich vor allen dermaßen demütigst?"
„Ich habe nicht vor, hier eine lange Diskussion zu führen. Hier im Hause und auf dem Hof ziehst du diesen Plunder nicht mehr an. Habe ich mich klar ausgedrückt?"
Wutentbrannt sprang mein Vater auf. Um Haaresbreite hätte er den ganzen Tisch umgerissen.
„Das lasse ich mir von dir nicht bieten, Weib!"
„Wie redest du mit mir, hä? Bin ich deine Walküre oder was? Zieh den Scheiß aus oder iss demnächst bei deinen neuen Kumpels. Auf meinem Grund und Boden dulde ich solcherlei Sperenzchen nicht."
„Das hat ein Nachspiel!"
Polternd und Türen schlagend rannte er davon, um wenige Sekunden später erneut vor dem Tisch zu stehen.

„Vergiss nicht, Madame, es ist Krieg!"
„Ja und? Habe ich den angefangen? Zieh doch los und erschieß wehrlose Polen oder Franzosen oder wen auch immer, wenn dich das so glücklich macht. Mir haben weder Polen, noch Franzosen was getan."
„Das ist Meuterei! Das ist Wehrkraftzersetzung! Dafür können die dich einen Kopf kürzer machen!"
„Du spinnst doch. Siehst du hier irgendwo eine Wehrkraft, die ich zersetzen könnte, hä? Hör auf zu schreien! Ich bin nicht taub, klar? Wenn du dich hier auf dem Hof aufführst, wie ein Berserker, hast du große Klappe. Wenn dir draußen im Felde ein Soldat mit einem richtigen Gewehr gegenübersteht, machst du dir die Hose voll! Ich glaub, ich spinne. Zieh die Uniform aus oder ich vergesse mich!"
„Wenn ich das dem Obersturmbannführer erzähle, bist du geliefert."
„So weit kommt das noch. Demnächst sitzt hier noch eine Horde Idioten am Tisch und ich, blöde Kuh, habe die Herren zu bedienen oder was? Nichts da! Du kannst hier toben, wie du willst! Punkt und aus!"
Wütend machte er sich davon, um ein paar Minuten später wieder, diesmal allerdings in seiner normalen Kleidung, am Tisch zu sitzen.

„Na, geht doch."
„Hör jetzt auf. Ich kann dein Gekeife nicht mehr hören."
„Wenn es dir hier nicht mehr passt, geh doch zu Mama und Papa zurück. Die werden sich freuen, wenn sie dich wieder bei sich aufnehmen dürfen."
Die Ironie tropfte förmlich aus ihren Sätzen und mein Vater hatte, zumindest in dem Moment, begriffen, wo Mutter den Hammer hingehängt hatte.

Von dem furchtbaren Krieg, der nun die ganze Welt in Flammen gesetzt hatte, bekamen wir in der Heide kaum etwas mit. Leute, die uns besuchten oder vorbeifuhren berichteten von Bombennächten im fernen Hamburg. Auch Lüneburg sollte etwas abbekommen haben.
Eines Tages standen fremde Leute vor unserer Tür und erklärten, sie seien Ausgebombt worden. Ich brach in Tränen aus. Wie schlimm musste es diese Menschen getroffen haben, wenn sie Haus und Hof, Hab und Gut einfach so hinter sich ließen, um bei fremden Leuten um Asyl zu bitten?
Was hatten wir es doch hier gut. Während die Welt in Flammen aufging, lief hier alles, wie gewohnt. Ich wähnte mich auf einer grünen Insel,

an der die Weltgeschehnisse mehr oder weniger spurlos vorbeizogen.

Mutter ließ die Leute ein. Unser Haus war so riesig, dass wir locker zwanzig Personen beherbergen konnten, ohne uns selbst einschränken zu müssen. Meine Schwestern und ich spielten die Einweiserinnen, radelten zu den Nachbarhöfen, um Möbel und Kleidung zu organisieren, und sprangen helfend ein, wenn Hände gebraucht wurden. Ganze Familiendramen spielten sich plötzlich direkt vor unseren Augen ab. Mütter mit kleinen Kindern, alte Frauen, ganz alte Männer, alle saßen weinend in der Sonne vor unserem Haus.

War ich auch sonst selten außerhalb unseres Areals unterwegs gewesen, so kam ich jetzt viel herum und radelte durch Dörfer, die ich nie zuvor gesehen hatte.

Auf einem der weiter entfernt gelegenen Gehöfte war eine Frau aus Österreich mit ihren Kindern angekommen. Der ältere Junge war etwa so alt, wie ich, der jüngere reichte mir gerade bis zur Schulter. Der verhielt sich sehr zurückhaltend, ängstlich gar, während der Ältere wesentlich offener mit mir sprach. Ich hätte den beiden stundenlang zuhören können. Leider musste ich mehr als einmal nachfragen, da ich Mühe hatte, ihren Akzent zu verstehen. Der Jüngere, der unglaubliche Segelohren hatte, würde später einmal sehr berühmt werden. Aber das ahnte damals natürlich noch niemand.

Mehrmals besuchte ich die beiden, um mich zu unterhalten, um mir ihre Geschichten anzuhören, um hin und wieder mit ihnen zu spielen.

Kaum ein Tag verging, an dem nicht neue Leute vor unserer Tür standen. Mutter versorgte erst einmal jeden, musste aber irgendwann die Leute weiterschicken, da wir inzwischen den letzten Winkel freigemacht hatten. Sie ließ anspannen und setzte sich für die Leute ein, wenn wir sie auf anderen Höfen abluden. Auch hier waren die Kapazitäten inzwischen ausgeschöpft und es wurde von Tag zu Tag schwieriger, die Leute unterzubringen.

Eines Tages fuhren wir durch ein Dorf, in dem überall weiße Bettlaken aus den Fenstern hingen. Eine Frau kam auf uns zugelaufen.

„Dreht bloß um! Fahrt nach Haus! Die Russen kommen!"

Herr Jensen, der ebenfalls zwei Jahre im Felde zugebracht hatte und verwundet worden war, wendete auf der Stelle um. Als ich ihn von der Seite anblickte, erkannte ich, dass er Panik in den Augen hatte.

„Herr Jensen! Was ist denn in Sie gefahren? Sie fahren uns noch den Hals ab!"

„Michaela! Ich habe die Russen gesehen. Lieber hier totfahren, als in deren Fänge geraten. Ich hoffe, wir schaffen es noch."

Er drehte sich zu den Leuten um, die auf der Ladefläche saßen.

„Haltet euch fest! Es wird holprig!"

Er ließ die Peitsche über den Köpfen der Pferde knallen und schon stürmten die sonst so gemächlichen Kaltblüter davon, als seien alle Furien der Welt hinter ihnen her. Ich hatte mehrmals Angst, vom Wagen katapultiert zu werden, als wir durch tiefe Schlaglöcher bretterten. Aber Herr Jensen hatte unser Gefährt im Griff und lenkte uns, trotz der hohen Geschwindigkeit, sicher heimwärts. Kaum hatten wir unseren Hof erreicht, sprang er vom Wagen.

„Michaela! Sorg dafür, dass die Frauen und Mädchen im Keller verschwinden! Nimm deine Mutter und deine Schwestern gleich mit! Ich werde von außen den großen Schrank vor die Tür schieben! Wenn die euch erwischen, dann seit ihr geliefert!"

Seine Stimme überschlug sich fast. Wenn ein Mann, wie Herr Jensen, in Panik geriet, dann musste das seinen Grund haben. Also rannte ich davon, um die Frauen, wie eine Gänseschar vor

mir herzutreiben. Mutter, die aus dem Haus gerannt kam, wurde von Herrn Jensen schnell ins Bild gesetzt. Schon bei seinen ersten Worten keimte auch in ihr die blanke Panik auf. Was war nur los? Ich verstand das alles nicht. Ich war vierzehn Jahre alt und hatte nicht die geringste Ahnung, was auf uns zukommen konnte. Das Wort „Vergewaltigung" existierte damals noch nicht in meinem Wortschatz. Und wenn, hätte ich wahrscheinlich gar nichts damit anfangen können. Was war ich damals noch naiv.
Im Keller saßen wir dicht gedrängt. Bis auf ein paar ganz alte Frauen, die sich geweigert hatten, uns zu folgen – „die tun uns nix. Wir sind viel zu alt für die" – waren nun alle Frauen und Mädchen im Keller versammelt. Kleinkinder, die greinten, wurde der Mund zugehalten. Ich musste mit Schaudern ansehen, wie Kleinkinder erstickten, weil sie sich nicht beruhigen ließen. Nach wenigen Minuten war es dermaßen heiß und stickig geworden, dass ich kaum zu atmen wagte. Der Angstschweiß war offenbar nicht nur mir ausgebrochen.
Dann hörten wir von ganz weit her Motorengeräusche näherkommen. Ketten rasselten auf unseren Hof. Schreie drangen, durch die dicken Kellerwände gefiltert, an unsere Ohren. Kurze Zeit später hörten wir Stiefel über uns, die sich schnell

hin und her bewegten. Dann hörten wir Herrn Jensens Stimme. Er schrie nicht. Er schien mit den Soldaten zu reden. Danach hörte das Stiefelgetrappel auf. Nach einer weiteren Weile, ich hatte jedes Zeitgefühl verloren, wurde der Schrank zur Seite geschoben. Die Tür wurde aufgerissen und zwei Soldaten kamen mit ihren Gewehren im Anschlag die Treppe herunter. Sie warfen einen kurzen Blick in die Runde und winkten uns nach oben.
„Gets up and follow us!"
Mit zitternden Knien stiegen wir die Treppe hinauf.
Das helle Licht blendete mich für einen Moment, als ich durch die Tür in den Flur trat. Durch ein Spalier aus Soldaten gingen wir auf den Hof hinaus. Herr Jensen kam uns entgegen.
„Macht euch keine Sorgen mehr. Das sind keine Russen. Wären es Russen gewesen, wäre ich wahrscheinlich schon nicht mehr am Leben."
Wir mussten uns auf dem Hof aufstellen und ein Offizier ging an uns vorüber, um uns in Augenschein zu nehmen. Nach und nach machte sich Erleichterung breit. Einige Frauen brachen in hysterisches Gelächter aus und schwenkten ihre toten Kinder durch die Luft. Drei Soldaten sprangen hinzu und entrissen den durchgeknallten Frauen die Bündel. Hätten wir vorher gewusst,

dass es nicht die Russen sind, die uns erobern, wären diese Kinder noch am Leben.

Später erfuhr ich, dass Herr Jensen überall im Haus Kuhdung verteilt hatte. Diese clevere Vorsichtsmaßnahme zeigte nun Wirkung. Während sich die Soldaten in anderen Gehöften genüsslich einrichteten und sämtliche Vorräte schmecken ließen, wurden wir schnell wieder verlassen. Der Gestank, der sich binnen Minuten im ganzen Hause ausgebreitet hatte, tat seine Wirkung.

Ein paar Männer waren einkassiert worden. Man schubste sie auf die Ladefläche eines LKWs und fuhr mit ihnen auf und davon.

„Die werden jetzt überprüft. Die Alliierten suchen nach versprengten SS-Leuten oder anderen Nazis. Jetzt werden diese Rabauken hoffentlich endlich zur Rechenschaft gezogen. Ich bin froh, dass es so gekommen ist. Wenn Hitler wirklich die Welt erobert hätte, um Gottes Willen, das wäre was geworden?"

Herrn Jensen war die Erleichterung anzusehen. Er schritt zwischen den verbliebenen Menschen hin und her und beruhigte einen zitternden jungen Mann oder eine hysterisch weinende Frau. Ich stand geschockt mittendrin und wusste selbst nicht, ob ich heulen, schreien oder weglaufen sollte. Natürlich lief niemand weg. Sogar meine ver-

zogenen Schwestern ließen sich dazu hinreißen, hin und wieder mit anzupacken.
Nach und nach normalisierte sich die Lage, wenn man überhaupt von einer Normalisierung sprechen konnte. Die Mütter weinten um ihre toten Kinder und machten sich schwere Vorwürfe. Es dauerte, bis meine Mutter ihnen klarmachen konnte, dass jede andere Handlung unser aller Tod hätte bedeuten können. Natürlich war es traurig, aber nun einmal nicht zu ändern. Selbst wochenlanges Grämen brachte keines der Kinder zurück ins Leben.

Im Herbst hatte unsere Katze mal wieder geworfen und ich stahl mich vorsichtig die Treppe zum Boden über dem Pferdestall hinauf. kaum oben angekommen, vernahm ich allerdings andere Geräusche als zuvor. Schon auf den letzten Stufen hatte ich ein leises Flüstern, dann ein noch leiseres Kichern vernommen. Wer hatte sich denn da ins Heu geschlagen?
Oben angekommen, legte ich mich sofort auf den Bauch. Mutter würde mal wieder ausrasten, da die Strohspiere so schlecht aus dem Kleiderstoff zu entfernen waren. Aber, das war mir in dem Moment egal. Ich wollte wissen, was da vor sich ging und dafür mussten halt Opfer gebracht werden.

Ich kroch hinter den Strohschneider, um aus der Deckung heraus, meinen Kopf etwas anheben zu können. Tante Brigitte lag auf der linken Seite im Heu. Eine andere Frau lag vor ihr. Beide wisperten leise miteinander. Plötzlich zog meine Tante den Kopf der anderen Frau zu sich heran und küsste sie auf den Mund. Aus dem Küssen wurde ein Schmatzen und im Dämmerlicht erkannte ich, dass ihre Zungen miteinander spielten. Ich ließ mich erschrocken fallen. Wie konnte jemand freiwillig mit der Zunge eines anderen spielen? Igitt. Es schüttelte mich.
Natürlich dauerte der Schock nur einen kurzen Moment. Schon siegte erneut meine Neugier und ich hob den Kopf. Erstaunt erkannte ich, dass meine Tante der anderen Frau das Kleid hochgezogen hatte und sich zwischen deren Beinen zu schaffen machte. Die Frau schien das nicht sehr zu mögen, da sie immer wieder ihren Kopf nach hinten bog und stöhnte.
Was war nur in meine Tante gefahren? Zu mir hatte sie sich stets sehr freundlich verhalten. Wie oft hatte sie mich getröstet, wenn mein Vater mal wieder ausgerastet war? Zärtlich hatte sie mir übers Haar gestreichelt und nun musste ich mit ansehen, wie diese liebe Person einer Frau in den Unterleib kniff, obwohl es doch bei Strafe verbo-

ten war, sich selbst da unten anzufassen, geschweige denn, andere.
Die Frau stöhnte zusehends lauter und ich musste mich sehr zurückhalten, um nicht aufzustehen und ihr zu helfen. Plötzlich zuckte die Frau mehrmals und sank meiner Tante in die Arme. Also, beim besten Willen, jetzt verstand ich überhaupt nichts mehr. Waren die beiden vielleicht plemplem? Wie konnte sich diese Frau meiner Tante an den Hals werfen, die ihr zuvor noch in den Unterleib gekniffen hatte?
Das reichte jetzt aber. Ich kroch leise zur Treppe zurück. Kaum hatte ich die halbe Treppe hinter mir, sprang ich den Rest auf einmal hinunter. Als mir abends meine Tante auf dem Hof begegnete, machte ich einen großen Bogen um sie. Mit solchen Leuten hatte ich nichts mehr zu schaffen.

Allerdings hatte diese Szene etwas in mir zum Klingen gebracht, dass ich nicht so recht einordnen konnte. Von da an beobachtete ich meine Tante genauer. Hin und wieder verfolgte ich sie sogar heimlich. Und eines Tages passierte es erneut. Erst verschwand meine Tante im Pferdestall. Kurz darauf schlich sich Maria, unsere Wäscherin, hinein. Ich fragte mich natürlich, wie es meine Tante angestellt haben konnte, Maria dazu zu bringen, freiwillig auf den Boden zu steigen.

Irgendetwas musste meine Tante gegen Maria in der Hand haben. Denn es war mir völlig klar, dass Maria niemals ohne Druck ins Heu geklettert wäre.

Ich schlich den beiden nach und hatte soeben den oberen Treppenabsatz erreicht, als Maria meiner Tante das Kleid über den Kopf zog. Meine Tante stand nun in BH, Hüfthalter, Strümpfen und Stiefeln mitten im Heu. Kaum hatte Maria das Kleid meiner Tante über einen Balken gehängt, fasste sie nun meiner Tante in den Schritt. Nach wenigen Augenblicken fing meine Tante an, sich zu winden. Ihr Oberkörper schwankte bedenklich hin und her und ich vermutete, dass Maria extrem fest kneifen musste. Allerdings wehrte sich meine Tante nicht. Nachdem sie mehrmals hintereinander fürchterlich gezuckt hatte – ich dachte damals, gleich fällt sie um –, legte sie ihre Arme um Maria und fing erneut an, sie zu küssen.

Danach zog meine Tante Maria das Kleid aus und die Szene wiederholte sich. Auch Maria schwankte bedenklich, ohne allerdings umzukippen. Nachdem Maria zum letzten Mal gezuckt hatte, griff sie nach vorn und hob den Busen meiner Tante aus den BH-Körbchen. Kaum lagen die Brüste frei, wiederholte meine Tante das Spiel mit Maria. Als alle Brüste nackt waren, traten die beiden dicht aneinander heran und umklammerten

sich. Nun begann das Stöhnen und Wanken von neuem. Ich hatte genug gesehen. Wer wusste schon, ob dieses irrige Verhalten nicht gefährlich war und man sich anstecken konnte.
Ehe noch ein Bazillus zu mir überspringen konnte, trat ich schleunigst den Rückzug an. Nein, so etwas würde ich niemals tun. Das war mir in dem Augenblick sonnenklar. Ein bisschen im Gras oder auf dem Treppengeländer hin und her rutschen war ja okay, aber anderen Frauen ins Geschlecht kneifen, ging gar nicht.

Eines Tages brachte mein Vater ein Paket aus Lüneburg mit nach Haus. Es war mit einer Schleife versehen. Er hielt es mir wortlos entgegen. Ich war überaus erstaunt, da ich mich nicht erinnern konnte, jemals von ihm beschenkt worden zu sein. Während er sich in seinen Lehnstuhl fallenließ, stand ich mit dem Paket in beiden Händen ratlos im Zimmer.
„Nun geh schon in dein Zimmer und zieh es an."
Ich ging in mein Zimmer und packte aus. Als ich die Stoffbahn auseinanderfaltete, erkannte ich, dass es sich um eine Hose handelte. Was sollte ich denn mit einer Hose anfangen? Wie befohlen, zog ich meinen Rock aus und schlüpfte in die Hose. Meine Güte, war das Ding eng. Es zwickte und zwackte überall, besonders im Schritt. Wie Män-

ner täglich ein solches Kleidungsstück aushalten konnten, war mir ein Rätsel. Ich schlüpfte in meine Schuhe und ging breitbeinig und hölzern ins Wohnzimmer zurück. Die Hose saß auf meinen Strümpfen, wie ein Brett. Jede Bewegung wurde behindert.

„Na, das sieht doch gut aus. Davon werde ich dir noch zwei zum Wechseln kaufen."

„Vater, was soll ich denn mit einer Hose? Ich bin ein Mädchen und Mädchen tragen normalerweise keine Hosen. Obendrein fühle ich mich nicht wohl darin."

„Stell dich nicht so an. In der Stadt habe ich schon mehrere Mädchen in Hosen gesehen. Denen schien das nichts auszumachen."

„Das mag ja sein, aber für mich ist das nichts."

„Ab jetzt wirst du mich hin und wieder am Wochenende zur Jagd begleiten und genau dann wirst du Hosen tragen. Du kannst doch schlecht im Kleid durch den Wald rennen. Da reißt du dir ja ruckzuck die Strümpfe kaputt."

„Das stimmt nicht, Vater. Wir haben den ganzen Schrank voller Jagd-Kostüme. Das weißt du doch. Und in Strickstrümpfen, langem Lodenrock und Stiefeln habe ich mir noch nie etwas kaputtgerissen."

„Ende der Diskussion! Es wird gemacht, wie ich es sage und Schluss!"

Ab jetzt musste ich hin und wieder die Hose tragen, und zwar immer dann, wenn er seine Jagdkumpels in seine Jagdhütte einlud. Obendrein musste ich meine Haare kürzen und den Rest unter einem Jagdhütchen verbergen. Um meinen, noch recht kleinen, Busen zu verstecken, musste ich dazu einen dicken, weiten Pullover anziehen und wiederum darüber eine weite, dicke Weste.

Während der Krieg viele Opfer gefordert hatte, ganze Familien waren ausgerottet oder stark dezimiert worden, war mein Vater nie im Krieg gewesen. Er hatte es geschafft, als „in Haus und Hof unabkömmlich" eingestuft zu werden, genau, wie viele seiner Jagdfreunde. Man musste eben nur die richtigen Leute an den richtigen Stellen und in den richtigen Positionen kennen. Da hatte im Vorfeld nicht nur eine Mettwurst den Besitzer gewechselt.

Kaum war der Krieg vorbeigewesen, hatte man sich flugs mit den neuen Herren im Lande geeinigt. Ein paar Würste hier, ein Braten da und hin und wieder ein winziges Kistchen vom besten Tropfen aus dem heimischen Vorratskeller konnten da wahre Wunder auslösen. Und schließlich musste auch eine Besatzungsarmee versorgt werden und die anfängliche, feindlich geprägte Distanz der Offiziere hatte im Laufe der Monate fühlbar nachgelassen. Man arrangierte sich eben. Man musste schließlich nach vorn schauen, die Vergangenheit, Vergangenheit sein lassen. Kein toter Krieger kehrte zurück, nur weil man ständig die alten Kamellen wieder aufwärmte.

Meinen Vater hatte es, seit wir Mädchen auf der Welt waren, ständig geschmerzt, keinen Stammhalter gezeugt zu haben. Hieß es nicht immer: „Ein richtiger Mann soll ein Haus bauen, einen Baum pflanzen und einen Sohn zeugen"?

Nun hatte er sich etwas ausgedacht, dass ihn, aus seiner Sicht, in den Augen seiner Kumpane, reinwaschen, zum richtigen Mann werden lassen konnte. Kurz und gut: ich sollte den Sohn spielen. Um mich von meiner wahren Identität so weit wie möglich abzukoppeln, nannte er mich nicht Michael, sondern Berthold, vor seinen Kumpels Berti. In der oben schon beschriebenen Aufmachung musste ich ihn ab jetzt zu seinen Jagdkumpelgelagen begleiten.

„Guten Tag, die Herren! Mein ältester Sohn Berthold ist nun sechzehn Jahre alt geworden und da dachte ich mir, das ist das richtige Alter, um ihn in unseren Kreis einzuführen. Nehmt ihn in Freundschaft auf."

Ich musste mich mitten in die Hütte stellen und begaffen lassen. Natürlich kannte mich der eine oder andere von mehrfachen Besuchen auf unserem Gutshof, aber niemand schien die Aussagen meines Vaters infrage zu stellen. Da mein Vater, wie mehrfach beschrieben, sehr ungehalten werden konnte, traute sich offensichtlich niemand, ihm zu wiedersprechen. Wenn es darum ging, Freundschaften zu kaufen oder Loyalität, hatte sich mein Vater niemals lumpen lassen. Die Situation war absolut grotesk, aber niemand begehrte auf.

„Der Berti wird uns in der Hütte zur Hand gehen und uns helfen, das Wildbret nach getaner Arbeit zuzubereiten. Nicht wahr, Berti, du freust dich doch schon darauf, in unsere Männerrunde aufgenommen zu werden?"

Ich war total verschüchtert und nickte.

Da reihum gejagt und gefeiert wurde, blieb mir nichts anderes übrig, als alle drei oder vier Wochen den Berti zu spielen. Während die Herren sich auf der Jagd amüsierten, etliche Tiere erlegten und nach Stunden angetrunken zur Hütte zurückkehrten, bereitete ich alles für einen zünftigen Abend vor. Immer, wenn mein Vater dreimal ins Horn stieß, wusste ich, jetzt wird es Zeit, die Kartoffeln aufzusetzen und die Pfannen zu ölen. Kehrte die Jagdgesellschaft zurück, schnitt mein Vater ein paar schöne Stücke aus dem erlegten Wild heraus, die ich augenblicklich in die Pfanne zu hauen hatte.

Während die Hirsch-, Reh- oder Hasenteile vor sich hin brieten, schenkte ich mehrere Runden Korn ein oder knipste die Zigarren ab. Noch bevor ich das Essen auftrug, waren einige Herren dermaßen blau, dass sie nicht mehr in der Lage waren, die gebratenen Teile voneinander zu unterscheiden. Selbst Fasanenschenkel gingen in solchen Momenten schon mal als Wildschweinbraten durch.

Ständig wies mein Vater darauf hin, wie gut sein Sohn geraten war, wie gut er den Herren zur Hand gehen konnte. Mehrmals stand er auf, um mir, im Angesicht der anderen, lobend auf die Schulter zu klopfen.

Etwa ein halbes Jahre später sollte von diesem wirklich beknackten Schauspiel nicht mehr viel übrig bleiben. Mein Vater hatte ein paar Jäger aus Westfalen eingeladen. Beide Gruppen zogen gemeinsam los, um Rehe zu schießen. Eigentlich war es wie immer. Als ich das Horn vernahm, machte ich mich an die Küchenarbeit.

Mein Busen war inzwischen gewachsen und ließ sich weder durch Pullover, noch durch Weste vollständig verbergen. Während seine Kumpels nach wie vor mitspielten, taten das die westfälischen Jäger nicht. Kaum hatten sie die Hütte betreten, kaum hatte mich mein Vater als seinen ältesten Sohn Berthold vorgestellt, schrie einer der angetrunkenen: „Was redest du da? Das ist doch ein Mädel!"

Sofort trat eine betretene Stille ein. Mein Vater, kurz blass geworden, fing sich als erster.

„Was redest du da? Das ist mein Sohn!"

Der herrische Ton brachte den Westfalen sofort zum Schweigen. Schließlich war er Gast in dieser Hütte und offenbar traute er sich nicht, zu widersprechen.

„Setzt euch endlich hin und genießt das Essen, das mein lieber Berti gleich auftragen wird!"

Um keinen Streit vom Zaun zu brechen, folgten alle seiner Aufforderung. Es dauerte zwar eine Weile, bis die ersten Gespräche in Gang kamen, aber je häufiger ich die Schnapsflasche kreisen ließ, desto schneller fielen die Schranken.

Nachdem alle gegessen hatten, räumte ich ab und fing an, das Geschirr zu spülen. Die Herren waren durch die Bank voll abgefüllt und mit sich selbst beschäftigt. Schlüpfrige Witze machten die Runde und wurden mit viehischem Gelächter bedacht. Heute würde man diese Männer wegen Frauenfeindlichkeit in den Knast stecken.

Gegen Mitternacht war der Spuk plötzlich vorbei. Man brach auf. Manche schwankten noch selbst zu ihrem Auto, andere mussten getragen werden. Nach heutigen Maßstäben hätten alle ihre Führerscheine verloren. Damals nahm man das noch nicht so genau.

Mein Vater und ich standen plötzlich allein in der Hütte. Um ihn ja nicht zu provozieren, räumte ich emsig den Tisch ab, wischte den Boden und spülte die letzten Gläser. Nur nicht stehenbleiben jetzt. Nur keinen Anlass für einen Wutanfall liefern. Seit dem Ausspruch des Westfalen hatte sich das Verhalten meines Vaters mir gegenüber geändert. Ich war auf ihn geeicht und hatte sofort gespürt, dass dieser Ausspruch mir nicht gutgetan hatte.

Er hatte sich beim Saufen zurückgehalten und saß nun leicht angetrunken auf einem Stuhl mitten im Raum. Ich spürte, dass er jeden meiner Schritte genau beobachtete.

„Zieh dich aus!"

„Wie bitte?"

„Zieh dich aus. Es wissen doch jetzt sowieso alle, dass du ein Mädchen bist. Also zieh dich gefälligst aus."

Ich ignorierte seinen Befehl und wischte weiter vor mich hin.

„Hast du was mit den Ohren? Ich sagte doch gerade, zieh dich aus!"

Ich putzte weiter.

„Hörst du mich nicht?"

„Doch Vater, ich höre dich."

„Also, wenn du mich hörst, dann folge gefälligst meiner Aufforderung."

„Warum soll ich mich ausziehen? Ich bin mit meiner Arbeit noch nicht fertig."

„Weil ich es sage."

Ich putzte noch emsiger weiter und wischte den Herd zum fünften Mal sauber.

Plötzlich hörte ich ein Geräusch hinter mir. Im nächsten Augenblick flog ich mit dem Kopf gegen den Hängeschrank über der Spüle. Er war aufgesprungen und hatte mir einen Faustschlag in den Nacken verpasst. Mir wurde schwindlig, aber ich riss mich zusammen. Ich wollte nicht vor ihm zu Boden gehen.

„Hast du nicht gehört? Ich sagte, zieh dich aus!"

„Was soll das, Vater?"

Ich hatte mich zu ihm umgedreht und schaute ihm geradewegs in die Augen. Der Blick, den er mir jetzt zuwarf, ließ mich kurz erschauern. Irgendwie beschlich mich das Gefühl, einem Irren gegenüberzustehen. Dann traf mich eine Ohrfeige, die mich gegen den Schrank warf.

„Zieh dich aus, sage ich!"

Mir dröhnte der Kopf. Als ich erneut zu ihm aufsah, holte er aus. Ich duckte mich weg und rannte an ihm vorbei. Ich hatte die Tür noch nicht ganz erreicht, als ich plötzlich den Boden unter den Füßen verlor. Er war mir nachgesprungen und hatte

mir einen unglaublichen Schubs in den Rücken verpasst. Ich flog gegen die Wand und blieb vor der Tür liegen. Er riss mir den Hut vom Kopf, griff mir in die Haare und riss mich nach oben.
Ich schrie aus Leibeskräften.
„Schrei ruhig, du Miststück! Hier wird dich keiner hören."
Er stellte mich auf die Füße.
„Zieh dich endlich aus oder soll ich noch drastischer werden?"
Er schubste mich von der Tür weg und schob mich vor sich her, bis ich die Küchenzeile erreicht hatte.
„So, jetzt hör auf mit dem Theater und zieh dich endlich aus."
Ich zog die Weste aus.
„Weiter!"
Ich zog den Pullover über den Kopf.
„Weiter! Jetzt die Hose."
Ich zog Schuhe und Hose aus.
„Die Unterhose! Wieso trägst du, als Frau, eigentlich eine Unterhose?"
„Weil mir sonst die Hose meinen Unterleib kaputtscheuert."
„Runter damit. Frauen in Hosen! Soweit kommt das noch!"
„Aber, Vater, die lange Hose hast du mir doch gegeben."

„Das ist vorbei. In meinem Haushalt tragen Frauen keine Hosen. Wo kommen wir denn dahin, wenn Weiber plötzlich in Männerklamotten rumlaufen?"

Ich zog die Unterhose aus und stand nun in BH, Hüfthalter und Strümpfen vor ihm.

„Steig in deine Schuhe. Wir wollen doch nicht, dass deine Nylons Schaden nehmen."

Ich zog die Schuhe wieder an und versuchte gleichzeitig, meinen Unterleib mit den Händen abzudecken.

„Nimm die Hände weg. Ich will sehen, wie du da unten aussiehst."

Ich ließ die Hände vor Ort. Das führte dazu, dass er erneut auf mich zusprang und mir eine Ohrfeige verpasste. Daraufhin nahm ich die Hände weg.

„Na, siehst du. Es geht doch."

Er starrte mich unverhohlen an, ging sogar in die Knie, um meinen Unterleib genau betrachten zu können.

„Dreh dich um und bück dich!"

Ich drehte mich um und bückte mich.

„Was für einen schönen Stutenarsch hast du doch gekriegt. Ist ja eine wahre Augenweide. Welcher Mann kann da schon widerstehen?"

Ich spürte, wie er meine Pobacken spreizte.

„Dreh dich um!"

Ich drehte mich um.
Er zeigte auf seine Hose.
„Besorg es mir jetzt."
Ich begriff nicht, was er wollte.
„Nun stell dich nicht so an. Tu nicht so, als wüsstest du nicht, was nun kommt."
Ich stand völlig verängstigt vor ihm.
„Mach meine Hose auf und besorg`s mir. Jetzt sofort, wenn ich bitten darf!"
Ich ging in die Hocke und öffnete seine Hose.
„Nun hol schon mein Ding raus."
Ich holte „sein Ding" raus.
„Zieh die Haut zurück und leck daran!"
Ich schob die Haut zurück. Ich hatte noch nie im Leben so ein Ding in der Hand gehalten. Ein Geruch von Urin und, wie ich später erfahren sollte, abgestandenem Smegma schlug mir entgegen.
„Nun leck endlich. Ich will hier heute nochmal fertig werden."
Ich riss mich zusammen und leckte daran. Kaum hatte sich der eklige Geruch mit dem noch ekligerem Geschmack vereinigt, kam es mir hoch. Ich konnte gerade noch den Kopf zur Seite drehen, um ihn nicht vollzukotzen.
„Was ist das denn für eine Schweinerei? Bist du nicht ganz dicht?"
Er griff mir in die Haare und versuchte, meinen Kopf wieder in Richtung seines Dinges zu der-

hen. Ich brauchte nur einen erneuten Blick auf sein Ding zu werfen und schon wurde ich erneut von einer Kotzattacke überrollt. Angewidert machte er einen Schritt rückwärts.

„Kotz dich von mir aus erstmal aus, aber mach dir keine Illusionen. Danach wird weitergeleckt."

Ich würgte, bis nichts mehr drin war.

„Hol dir ein Tuch und mach dich sauber. Dann feudelst du den Scheiß weg. Deine Kotze stinkt ja zum Gotterbarmen."

Ich erhob mich, holte mir ein Geschirrtuch und reinigte meinen Mund. Anschließend feudelte ich den Boden sauber.

„Was bin ich froh, dass ich habe Fliesen hier verlegen lassen. Den alten Bretterboden hätten wir nie im Leben wieder blankgekriegt."

Mit dem Geschirrtuch trocknete ich die nassen Fliesen.

„Ich habe keine Lust mehr, geleckt zu werden. Nachher kotzt du noch einmal alles voll. Geh da rüber und stell dich vor den Tisch."

Ich stellte mich vor den Tisch. Als er sich kurz zur Küchenzeile umdrehte, sprintete ich los, um mit voller Wucht gegen die verschlossene Tür zu rennen. Er hatte nicht nur von innen abgeschlossen. Er hatte auch den Schlüssel abgezogen und eingesteckt. Als er es knallen hörte, drehte er sich blitzschnell um und lächelte mich kalt an.

„Für wie dumm hältst du mich eigentlich? Meinst du, ich lass dich hier so einfach abhauen? Los! Stell dich vor den Tisch!"
Er kam auf mich zu, gab mir eine kräftige Ohrfeige, umfasste meine Hüften und drehte mich zum Tisch hin um. Danach drückte er auf meinen Rücken. Es blieb mir nichts anderes übrig, als mich über den Tisch zu beugen und mich auf der Tischplatte auf meinen Unterarmen abzustützen. Dann spürte ich, wie er mir die Pobacken auseinanderzog, danach die Schamlippen. Obwohl ich nur ahnte, was jetzt kommen würde, brach ich in Panik aus.
Immer wieder riss er mir die Schamlippen auseinander und ich spürte hin und wieder seinen heißen Atem dazwischen. Als ich nach hinten blinzelte. sah ich, dass er sich an seinem Ding zu schaffen machte. Plötzlich spürte ich etwas gegen meinen Scheideneingang drücken. Es drückte und drückte.
„Scheiße! Was ist das hier bloß für eine Scheiße!"
Der Druck verschwand. Ich wagte nicht, mich umzudrehen. Nur Augenblicke später wurden meine Schamlippen erneut auseinandergerissen. Diesmal spürte ich keinen heißen Atem, sondern seine Finger, die mir irgendetwas zwischen die Schamlippen schmierten.

„Ja, ja, das gute alte Waffenöl ist universell einsetzbar."
Er lachte in sich hinein. Einige Sekunden später spürte ich erneut einen Druck an meinem Scheideneingang. Diesmal konnte ich ihn nicht aufhalten und er drang in mich ein. Der Dehnschmerz ließ mich zusammenzucken. Irgendetwas schien in mir zerrissen zu sein. Es brannte, wie Feuer, als er sich in mir vor und zurück bewegte. Mir brach der Schweiß aus, danach die Tränen. Stocksteif ließ ich alles über mich ergehen. Nach ein paar Minuten ließ der schlimmste Schmerz nach und ich spürte, wie sowohl meine Tränen, als auch meine Schweißtropfen auf der Tischplatte aufschlugen. Es sah aus, als hätte es eben angefangen zu regnen. Hier ein Tropfen und da ein Tropfen, ohne dass eine durchgehende Fläche nassgeworden war.
Plötzlich wurde sein Ding in mir noch steifer, als sowieso schon. Dann begann es zu zucken und etwas Heißes ergoss sich in mich. Nach wenigen Stößen war alles vorbei. Er zog sich aus mir zurück und hinterließ eine, in meinen Augen, klaffende Wunde. Es dauerte mehrere Minuten, bevor ich, außer Schmerz, etwas anderes fühlen konnte. Ich spürte, dass irgendetwas Klebriges aus mir herauslief, wagte aber nicht, mich zu rühren.

„Na, war's schön? Das hat dir doch sicher gefallen oder? Dein Vater ist und bleibt ein toller Einreiter, nicht wahr?"

Plötzlich stieg eine unbändige Wut in mir auf. Ich drehte mich blitzschnell um und schlug zu. Allerdings wehrte er meinen Schlag gekonnt ab. Mein zweiter Schlag ging ins Leere, da er einen Schritt rückwärts getan hatte. Hatte er nach dem ersten Schlag noch geschmunzelt, so brach er jetzt in willdes Gelächter aus.

„Ach, ist das der Dank für das Vergnügen? Ich wusste schon immer, dass du ein undankbares Mädchen bist."

Ehe ich mich vollständig zu ihm umdrehen konnte, hatte er blitzschnell einen Schritt auf mich zu getan und mir in die Haare gegriffen. Ich hatte keine Kraft, mich ihm zu widersetzen. Ich sah nur, wie die Tischplatte auf mich zukam. Dann schlug ich auf. Mehrmals hob er meinen Kopf an, um ihn sofort wieder auf die Tischplatte zu derschen. Ich spürte, wie meine Augenbrauen aufplatzten, danach die Lippen. Danach wurde mir schwindlig. Plötzlich riss er mich zurück und schleuderte mich durch den ganzen Raum. Ich verlor den Boden unter den Füßen und knallte gegen die Backofentür. Ich war erledigt. Sollte er mit mir anstellen, was er wollte. In mir breitete sich eine grenzenlose Apathie aus. Egal, was auch immer er tun würde, es war mir egal.

„Steh auf und mach dich sauber. Du blutest ja, wie ein Schwein!"

Da ich nicht von allein auf die Beine kam, griff er mir erneut in die Haare.

„Hast du es mit den Ohren?"

Schwankend stand ich vor ihm.

„Nun los! Worauf wartest du noch?"

Ich holte mir ein weiteres Geschirrhandtuch von der Arbeitsplatte und wischte mir das Blut ab.

„Meine Güte, jetzt bin ich aber ausgehungert. Sieh zu, dass du mir was Essbares auf den Tisch zauberst."

Ich schaute ihn ratlos an.

„Sag mal, muss ich dich nochmal auf die Tischplatte hauen oder geht das jetzt so?"

Ich holte mir eine Pfanne von der Arbeitsplatte und stellte sie auf eine der Herdplatten. Danach öffnete ich das Feuerloch und fachte das inzwischen heruntergebrannte Feuer neu an. Als nächstes gab ich etwas Butter in die Pfanne und wickelte eine große Scheibe vom Hirsch aus dem Papier. Schon nach wenigen Minuten zog ein angenehmer Bratenduft durch die Hütte.

„Schneide ein paar Kartoffeln dazu. Ich liebe Hirschsteak mit Bratkartoffeln."

Ich tat, wir mir geheißen. Als sich die Speisen dem Garpunkt näherten, würzte ich kräftig nach.
„Du kannst das Fleisch jetzt rausnehmen. Ich habe keine Lust auf Schuhsohle. Die Kartoffeln kannst du noch ein paar Sekunden nachbräunen."
Während ich vor dem Herd stand, begaffte er mich von einem Stuhl aus.
„Wisch dir die Soße von den Beinen. Das sieht ja verboten aus."
Ich wischte mir sein Restsperma von den Oberschenkeln. Danach hob ich die nun braunen Bratkartoffeln aus der Pfanne, legte sie neben das Steak und servierte ihm das Menü.
„Gutes Mädchen."
Ich stand mit dem Rücken zum Herd und schaute ihm beim Essen zu. Genussvoll ließ er sich das Fleisch im Munde zergehen.
„Du bist ein wahrer Goldschatz. Das Steak auf die Minute richtig gebraten und die Kartoffeln braun, wie eine Südseeschönheit. Wäre doch auch gelacht, wenn ich nur dumme Weiber zustande brächte."
Nachdem er alles verzehrt hatte, winkte er mit seinem leeren Bierglas. Ich holte ihm eine Flasche, öffnete sie und goss ihm ein. Auch einen Schnaps stellte ich ihm hin. Vielleicht konnte ich ihn ja besoffen machen und dann endlich türmen. Leider

ließ er es bei einem Bier und einem Korn bewenden.
„So, es ist spät genug. Lass uns jetzt schlafen. Leg dich auf die Ofenbank da und mach die Augen zu."
Ich zitterte am ganzen Körper.
„Okay, ich bin ja kein Unmensch. Ich gestatte dir, Pullover und Weste überzuziehen. Aber untenrum bleibst du nackt, klar?"
Ich zog Pullover und Weste an und legte mich auf die Ofenbank. Um ihm nicht dauernd mein Geschlecht zu präsentieren, drehte ich mich mit dem Gesicht zur Wand.
„Ja, so ist es schön. Dein Hintern ist zum Anbeißen. Wenn ich nicht so müde wäre, würde ich dich doch glatt nochmal beglücken."
Er drehte die Petroleumlampe herunter, ohne sie ganz zu löschen. Dann hörte ich, wie er sich auf der Sitzbank niederlegte. Schon nach wenigen Minuten schnarchte er laut vor sich hin. Vorsichtig stand ich auf. Wenn ich jetzt leise ein Fenster öffnete und ins Freie kletterte, hätte ich eine Chance, ihm zu entfliehen. Allerdings musste ich diesen Plan sofort wieder aufgeben, da ich durch die Fensterscheiben erkannte, dass die hölzernen Fensterläden längst verschlossen waren. Manchmal konnte ich aber auch eine wirklich dumme Kuh sein. Ich hatte diese blöden Fensterläden

selbst schon vor Stunden geschlossen – und zwar von außen.

Ich schlich zur Tür. Hatte er den Schlüssel vielleicht hier irgendwo deponiert? Da ich in dem Dämmerlicht kaum etwas erkennen konnte, tastete ich die Tür und auch die Zarge mehrmals ab, ohne allerdings den Schlüssel zu finden. Ich schlich auf ihn zu und erkannte den Schlüssel, der sich durch seinen Hosenstoff abdrückte, in seiner Gesäßtasche. Wie sollte ich da rankommen, ohne ihn zu wecken? Egal, ich musste es probieren. Ich ging in die Hocke und versuchte, eine Hand in seine Tasche zu schieben. Ich kam nicht hinein. Vielleicht mit zwei Fingern?

Gerade, als ich den Schlüssel schon mit meiner Fingerspitze spürte, drehte er sich blitzschnell um. Seine Faust traf meine Wange. Ich flog durch den halben Raum und blieb erneut vor dem Herd liegen.

„Bist du völlig verrückt geworden? Was fällt dir ein? Ich habe dich im Blick. Leg dich jetzt hin und schlaf. Ich will dich morgen früh noch einmal beglücken und das ist schöner, wenn du ausgeschlafen bist."

Ich rappelte mich auf, wischte mir erneut das Blut vom Gesicht und legte mich wieder auf die Ofenbank. Natürlich konnte ich nicht schlafen. Ich lauschte, vor Angst zitternd, seinem Schnarchen.

Als ich meinen Kopf drehte, erkannte ich, dass die Uhr auf dem Kaminsims drei anzeigte. Da mein Vater wieder eingeschlafen zu sein schien, unternahm ich einen zweiten Versuch.
Ich hatte die Ofenbank kaum verlassen, stand er auch schon auf den Beinen.
„Was bist du doch für ein undankbares Kind! Du willst raus? Na gut, dann will ich dir deinen Wunsch erfüllen."
Er stürzte auf mich zu und versetzte mir einen Faustschlag ans Kinn. Ich taumelte gegen die Arbeitsplatte. Der Aufprall war so stark, dass es irgendwo in mir knackte. Ehe ich fallen konnte, hatte er mir erneut in die Haare gegriffen. Er drehte mich mit dem Gesicht zur Arbeitsplatte und zog meine Hände auf den Rücken. Dann spürte ich, wie er mich mit einer Schnur oder Ähnlichem fesselte. Obwohl ich einen unglaublich starken Schmerz in meiner rechten Hüfte spürte, blieb ich stehen. Dann griff er mir unter den linken Arm, schleuderte mich zu sich herum und führte mich auf die Tür zu. Der Schmerz in meiner Hüfte nahm an Intensität zu und mir brach erneut der Schweiß aus.
„Was humpelst du so? Stell dich nicht so an. So ein kleines Schubserchen kann doch nicht wirklich wehgetan haben."

Er ließ mich vor der Tür stehen, holte den Schlüssel aus seiner Hosentasche und öffnete. Kaum war die Tür aufgesprungen, schubste er mich ins Freie. Ich musste all meine Kraft aufbieten, um zu verhindern, die Holztreppe hinunterzustürzen.

Draußen war es fast stockdunkel. Er war dicht hinter mir und ergriff erneut meinen linken Arm. Im fahlen Mondlicht führte er mich zu einem Baum. Er gab mir einen Stoß und ich klatschte gegen die harte Rinde. Er stellte mich mit dem Rücken zum Baum und fesselte meine Hände hinter dem Stamm. Danach holte er sein vollgerotztes Taschentuch aus seiner Hose, drehte es auf und band mir damit den Mund zu. Um mich nicht ein weiteres Mal übergeben zu müssen, zwang ich mich, an etwas anderes zu denken. Mit dem Taschentuch im Mund konnte ich es mir schlecht leisten zu kotzen. Ich wollte nicht an meinem eigenen Erbrochenen ersticken.

„Was guckst du so traurig? Du wolltest doch nach draußen. Jetzt bist du draußen und es scheint dir auch nicht zu gefallen. Der Jungend von heute kann man es aber auch niemals rechtmachen."

Kichernd ließ er mich am Baum stehen und ging in die Hütte zurück. Als er nach wenigen Augenblicken wieder herauskam, trug er seine Jacke.

„Ich werde jetzt nach Haus fahren und für dich und mich ein paar saubere Klamotten holen. So können wir uns ja nirgends blickenlassen, nicht wahr?"
Lachend ging er den Weg hinunter. Ich verlor ihn schnell aus den Augen, da der Parkplatz, der etwa fünfzig Meter unterhalb der Hütte angelegt worden war, hinter einer Biegung lag. Dann hörte ich, wie sich sein Auto entfernte. Ich zitterte nach wie vor am ganzen Körper. Neben dem unglaublichen Hüftschmerz kroch obendrein nach und nach die Kälte in mir hoch.

Je länger ich stand, desto rasender wurde der Schmerz in meiner Hüfte. Ich verlagerte mein Gewicht auf die schmerzfreie Seite, um dem Schmerz zumindest für ein paar Sekunden lindern zu können. Allerdings konnte ich auf einem Bein nicht sehr lange stehen, da der Waldboden sehr uneben war. Vorsichtig belastete ich die andere Seite, um sofort wieder jeden Druck davon wegzunehmen. Ich hatte das Gefühl, der Schmerz breitete sich im ganzen Körper aus und schien in meinem Gehirn einen Klingelton auszulösen.
Irgendwas musste ich mir nun einfallen lassen. Auf der einen Seite tobte der rasende Schmerz. Auf der anderen Seite bekam ich einen Krampf nach dem anderen. Ich riss mich zusammen. Ich

kämpfte den Schmerz für ein paar Sekunden nieder, um kurz nachdenken zu können.
Wie bei allen Bäumen üblich, war auch mein Baum unten dicker als oben. Wenn ich nun meine Arme ganz weit nach hinten streckte, könnte ich vielleicht genug Raum schaffen, um am Stamm nach unten rutschen zu können. Ich strengte mich furchtbar an, rang erneut den unglaublichen Schmerz nieder und ging langsam, die Arme weit nach hinten gestreckt, in die Knie. Je tiefer ich kam, desto rasender wurde der Schmerz. Aber Zentimeter für Zentimeter schaffte ich es, dem Waldboden näher zu kommen.
Endlich spürte ich Gras unter meinen nackten Po. Ich musste mehrmals mit Absicht hinfühlen, um zu begreifen, dass ich wirklich Gras unter mir hatte, da der Hüftschmerz alles überlagerte. Nur noch wenige Zentimeter trennten mich nun vom rettenden Waldboden. Allerdings waren meine Arme dermaßen nach hinten gespannt, dass eigentlich kein Platz mehr übrig war. Ich gab mein Bestes, drückte meine Arme mit aller Kraft nach hinten und konnte mich endlich setzen.
Der Schmerz in meiner Hüfte raubte mir fast die Sinne und ich musste mein gesamtes Körpergewicht in meine, nach hinten gerissenen, Arme werfen, um die letzten Millimeter bis zum Boden freizumachen. Jetzt berührte zwar mein Po voll-

ständig den Boden, allerdings waren meine Knie noch voll gebeugt. Erneut musste ich mir alles abfordern, mich an die Arme hängen, um ein Bein nach dem anderen ausstrecken zu können.

Endlich saß ich. Während der Schmerz in meiner Hüfte von Minute zu Minute nachließ, ohne allerdings ganz zu verschwinden, nahm der Schmerz in meinen Armen zu. Und es sollte nicht lange dauern, bis mich der erste Krampf durchzuckte.

Ich wollte schreien, aber außer einem heiseren Gurgeln kam nichts heraus. Das verknotete Taschentuch war beim Runterrutschen am Baum nach oben geschoben worden und hatte sich dadurch tief in meine Wangen gegraben. Ich versuchte es zu lockern, in dem ich den Kopf an der Rinde auf und ab bewegte. Es dauerte eine kleine Ewigkeit, bis der Druck auf meine Wangen nachließ.

Ich war am Ende meiner Kräfte. Die Hüfte schmerzte wieder mehr und die Krämpfe in meinen Armen nahmen ebenfalls an Intensität zu. Erneut kämpfte ich die Schmerzen für einige Sekunden nieder, aber mir fiel keine Lösung des Problems ein. Um die Arme zumindest für einige Augenblicke zu entlasten, versuchte ich, meine Beine anzustellen und damit meinen Körper nach oben zu drücken. Allerdings gelang mir das nur für einige Sekunden, da der Hüftschmerz sofort

wieder extreme Formen annahm. Ich saß in der Falle und fand keinen Ausweg.
Der Schmerz wurde so stark, dass ich immer wieder ohnmächtig wurde. Ich spürte förmlich, wie er mir die Sinne vernebelte. Ich wusste nicht mehr. ob ich wach war oder träumte. Ich sah meine Mutter vor mir, meine Tante auf dem Dachboden, meine Schwestern im Garten, die Schmetterlinge, die ich verfolgt hatte, Herrn Jensen auf dem Kutschbock, der die Pferde antrieb, die toten Kinder in den Armen der weinenden Mütter.
Dann wieder spürte ich den unbändigen Schmerz, der sich, einem Spinnennetz ähnlich, immer wieder über meinen ganzen Körper ausbreitete.

Plötzlich berührte mich jemand am Arm. Hatte mich eben wirklich jemand am Arm berührt oder hatte ich fantasiert? Ich konnte Traum und Realität nicht mehr unterscheiden. Ich schlug um mich und stellte fest, dass ich nur im Traum um mich geschlagen hatte. Der erneut einsetzende, barbarische Schmerz führte mir klar vor Augen, dass ich gar nicht um mich schlagen konnte. Meine Schultern brannten, ja, brannten. Der durchgängige Schmerz hatte sich in ein Brennen verwandelt, das sich allerdings nicht weniger unangenehm anfühlte.

Irgendjemand redete auf mich ein. Na klar, jemand redete auf mich ein. Wer sollte hier in der Einsamkeit des Waldes auf mich einreden? Ich schüttelte mehrmals gegen den Widerstand der Baumrinde den Kopf, um die Stimmen zu vertreiben, die auf mich einredeten. Aber die Stimmen wollten einfach nicht verschwinden. Ich hörte meinen Namen. Jemand hielt meinen Kopf fest, der immer noch hin und her bewegt wurde. Wer bewegte eigentlich meinen Kopf hin und her? Die sollten endlich aufhören, meinen Kopf zu bewegen. Schließlich schrappte meine Kopfhaut seit einigen Minuten ständig an der Rinde entlang. Ich spürte warmes Blut in meinem Nacken.
„Nun hört endlich auf, meinen Kopf zu bewegen!"
Wer hatte da geschrien. Ich musste mich nach oben kämpfen. Plötzlich wurde mir klar, dass ich es selbst war, die meinen Kopf bewegte. Ich hörte sofort auf, meinen Kopf zu bewegen. Jetzt erkannte ich die Stimme, die auf mich einredete. Es war die Stimme meiner Tante.
„Nein, nein, ich will nicht mit dir auf den Dachboden!"
„Michaela! Michaela!"
Die Worte formten sich in meinem Kopf zu Buchstaben, zu Worten, mal in blau, mal in rot, mal in grün, dann wieder gelb.

„Michaela! Hörst du mich?"
Ich öffnete die Augen und starrte in das freundlich lächelnde Gesicht meiner Tante.
„Es ist alles gut. Herr Jensen holt gerade eine Zange."
Herr Jensen holte eine Zange? Was wollte der mit einer Zange? Wollten die mich jetzt weiterquälen? Wollten die mir die Zehen abknipsen?
„Michaela! Bleib bei mir!"
Ich schloss die Augen. Die sollten machen, was sie wollten. Ich hatte keine Lust mehr.
„Michaela! Michaela!"
Meine Tante ging mir auf den Geist mit ihrem Geschrei. Ich wusste schließlich, wie ich hieß. Aber sie hörte nicht auf, meinen Namen zu rufen.
„Michaela! Michaela! Wach auf! Komm zu dir!"
Ich konnte es nicht mehr hören, drehte meinen Kopf in Richtung der Stimme, öffnete die Augen und starrte sie an.
„Ja, gut so! Lass die Augen auf. Wir sind bei dir. Herr Jensen wird jeden Moment zurückkommen und dich losschneiden."
Wieso sollte der mich losschneiden wollen? Ich verstand nicht, was sie meinte. Dann spürte ich erneut den Schmerz in meinen Schultern, meinen Armen, meinen Handgelenken, meiner Hüfte. Wieso spürte ich nur meine Handgelenke und nicht meine Hände? Ich fühlte in meine Hände

hinein und spürte nichts, absolut gar nichts. Wo waren meine Hände geblieben?
Plötzlich kam ein Mann auf uns zu. Er zeigte mir eine Gartenschere. Jetzt schneidet der mich in Stücke. Herr Jensen schnitt mich nicht in Stücke. Er zog meine Arme noch weiter nach hinten. Der brennende Schmerz verwandelte sich sofort in den barbarischen von zuvor. Ich schrie und schrie. Dann waren meine Arme plötzlich frei. Allerdings war ich nicht in der Lage, sie nach vorn zu holen.
„Ich glaube, deine Schultern sind verrenkt. Bleib einfach so sitzen. Wir werden dich aufrichten."
Ich spürte Hände an meinem Körper. Ich spürte, wie mich jemand anhob. Während der Schmerz in meinen Schultern ein wenig abebbte, spürte ich nun meine Hüfte wieder sehr deutlich. Ich konnte nicht allein stehen. Während meine Tante vor mir stand, stand Herr Jensen hinter mir. Beide stützten mich.
Dann hörte ich auch noch die Stimme meiner Mutter und wunderte mich darüber. Wieso waren all die Leute hier im Wald? Ich begriff die Zusammenhänge nicht.
„Michaela! Kannst du allein stehen?"
Meine Tante ließ mich los, um mich sofort wieder aufzufangen.
„Herr Jensen, die kann nicht allein stehen."

Dann stand meine Mutter neben uns.

„Herr Jensen, treten Sie bitte zurück. Ich übernehme."

Herr Jensens Körper verschwand aus meinem Rücken. Nur seine Hände spürte ich noch in meinen Achselhöhlen. Dann spürte ich plötzlich einen anderen Körper dicht hinter mir. Meine Mutter umschlang meinen Körper von hinten und die Hände aus meinen Achseln verschwanden. Herrn Jensens schwere Schritte entfernten sich.

Plötzlich knallte es furchtbar.

„Wenn es nicht anders geht, erschießen Sie ihn!"

Das war meine Mutter gewesen. Wen sollte wer erschießen?

„Der hat es nicht anders verdient."

Es knallte ein zweites Mal. Dann wurde es Nacht um mich.

Als ich wieder zu mir kam, lag ich auf der Rückbank eines Autos. Es schaukelte furchtbar und ich übergab mich in den Fußraum. Nein, ich übergab mich nicht. Ich würgte nur ein paar Mal. Hatte ich mich eben schon übergeben oder hatte ich auch das nur geträumt. Ich spürte meine Tante neben mir. Ich lag auf dem Rücken und sie hatte meine Beine auf dem Schoß. Das Auto rüttelte und schüttelte über den Waldweg. Dann hatten wir endlich die feste Straße erreicht und meine Mutter gab Gas. Dann wurde mir erneut schwarz vor Augen.

Ich schlug irgendwann die Augen auf und fand mich in meinem Bett wieder. Meine Tante saß auf meiner Bettkante, meine Mutter auf einem Stuhl vor dem Bett. Jemand befühlte meine Schultern.
„Ich habe die Schultern wieder eingerenkt. Es scheint nichts kaputtgegangen zu sein. Ich denke, dass die Muskeln und Sehnen überdehnt wurden. Ich hoffe, dass sich das wieder berappelt. Das wird aber dauern."
„Und, was sagen Sie zu dem blauen Fleck an ihrer Hüfte?"
„Das wird sich zeigen. Ich kann so nichts erkennen. Allerdings ist die ganze Lendengegend total geschwollen. Wir müssen abwarten. Wenn die Schwellung zurückgegangen ist, werde ich sie erneut untersuchen. Ich hoffe nicht, dass ihre Hüfte gebrochen ist."
Dr. Müller, unser Hausarzt, beugte sich über mich. Er lächelte mich an und ich lächelte zurück.
„Michaela! Kannst du mich hören?"
Ich nickte.
„Du schaffst das. Ich bin sicher, dass du es schaffst. Schlaf einfach jetzt. Morgen sieht die Welt schon wieder ganz anders aus."

Er streichelte über meinen Kopf, jedenfalls über das Stückchen, das nicht verbunden war. Ja, jetzt fühlte ich es ganz genau. Mein halber Kopf war verbunden worden. Warum war eigentlich mein Kopf verbunden worden? Nach und nach dämmerte es mir und ich erinnerte mich an das Schaben meines Hinterkopfes über die Rinde des Baumes. Wo war eigentlich der Baum geblieben. Ich konnte den Gedanken nicht zu Ende denken, da ich erneut wegkippte.

Wieder wurde ich von bösen Träumen verfolgt. Mein Vater hatte mir die Hände auf dem Rücken gefesselt und trieb mich durch den Wald. Ich rannte um Bäume herum, fiel hin, rappelte mich wieder auf, rannte weiter. Schrotkugeln pfiffen mir um die Ohren. Es knallte hinter mir. Ich rannte und rannte. Meine Lunge brannte. Ich war total außer Atem. Dann trafen mich mehrere Kugeln. Ich spürte, wie sie meine Haut durchschlugen, mein Fleisch, meine Knochen. Ich fiel hin und versuchte, weiter zu krabbeln. Immer wieder knallte es hinter mir. Immer wieder schlugen Kugeln in mir ein. Dann sah ich ein sehr helles, weißes Licht vor mir. Ich rutschte darauf zu. Ich wusste ganz genau, dieses Licht würde mich beschützen. In dieses Licht würde sich mein Vater nicht hineintrauen.

Dann hatte ich das Licht erreicht. Endlich hörte das Knallen auf. Das Licht wurde heller und heller und ich als ich die Augen aufschlug, stand Dr. Müller vor mir und leuchtete mir mit einer Taschenlampe direkt in die Augen.
„Sie ist wach."
Ich starrte in das lächelnde Gesicht meiner Tante.
„Was machst du denn hier im Wald? Warum schießt mein Vater auf mich?"
„Michaela! Du liegst in deinem Bett. Hier kann dir niemand mehr etwas tun. Wir passen alle auf dich auf."
Ich kippte erneut weg. Allerdings wurde ich nun nicht mehr verfolgt. Ich muss wohl in einen bleiernen, aber traumlosen Schlaf gesunken sein. Als ich mich erneut aus der Schwärze nach oben gekämpft hatte, erkannte ich meine Tante, die vor meinem Bett auf einem Stuhl eingeschlafen war.
„Tante Brigitte!"
Sie schreckte hoch und beugte sich zu mir herunter.
„Wie geht es dir?"
„Alles tut weh, aber nicht mehr so schlimm, wie vorhin."
„Du meinst, letzten Sonntag?"
„Letzten Sonntag?"
„Ja, gerade vor ein paar Minuten ist der Donnerstag angebrochen."

„Der Donnerstag?"
„Ja, du hast gut und gern drei Tage lang geschlafen. Wir haben dich hin und wieder aufgeweckt, um dir ein wenig Tee einzuflößen. Kannst du dich nicht daran erinnern?"
„Nein, kann ich nicht."
„Möchtest du weiterschlafen?"
„Nein, ich bin wach. Was ist eigentlich passiert?"
„Dein Vater sitzt im Knast."
„Wieso sitzt der im Knast?"
„Kannst du dich an nichts erinnern? Wir haben dich in der Nähe der Hütte im Wald gefunden. Du warst an einem Baum festgebunden."
Langsam dämmerte es mir.

Meine Tante hatte, wie ich erfuhr, die ganze Zeit an meinem Bett gewacht. Ich war ihr und natürlich auch den anderen, die mich gerettet hatten, unendlich dankbar. Ich denke, ohne diese lieben Menschen, wäre ich irgendwann am Baum verreckt oder mein Vater wäre sonst wo mit mir hingefahren, um mich zu seiner Mätresse zu machen oder, nach getaner Arbeit, irgendwo zu entsorgen.
Am nächsten Morgen standen zwei Polizeibeamte vor meinem Bett und befragten mich nach den Vorgängen in der oben schon beschriebenen Nacht. Wiederum einen Tag später musste ich

den Beamten in der Hütte zeigen, was wie abgelaufen war. Sie wollten sich vor Ort ein Bild machen, wie sie mir erklärten. Während ich mich – jetzt natürlich bekleidet – im Raum hin und her bewegte, mich über den Tisch bückte, warfen sich die beiden anzügliche Blicke zu.
Meine Tante, die mitgefahren war, übersah diese Blicke natürlich nicht und räusperte sich vernehmlich. Das führte dazu, dass sich die Beamten wieder auf ihre Arbeit konzentrierten.

In vielen Köpfen kursierte damals immer noch die Ansicht, Vergewaltigungen gäbe es eigentlich gar nicht. Manche Frauen würden nur mit einer gespielten Ablehnung kokettieren, um dann eben hart rangenommen zu werden. Frauen wollen ja nur das eine, nämlich dass sie von einem richtigen Mann erobert, dominiert und dann endlich, und nach etlichem Geziere, richtig beglückt zu werden.
Armes Deutschland, dachte ich bei mir.

Aber auch diese Prozedur ging vorbei und nach vielen Wochen wurde ich zum Gericht zitiert, um dort meine Aussagen zu wiederholen. Mein Vater, den man ein paar Tage nach den Übergriffen auf mich auf einem Campingplatz gefasst hatte, saß nun auf der Anklagebank. Er machte nicht den Eindruck auf mich, als würde er irgendetwas bereuen. Ganz im Gegenteil. Er starrte mich, meine Tante und meine Mutter hasserfüllt an.

Nachdem die Anklageschrift verlesen worden war, wurde meine Mutter als Zeugin aufgerufen „In der besagten Nacht wurde ich durch ein Poltern aus dem Schlaf gerissen. Um nach dem Rechten zu sehen, bin ich aufgestanden. Nachdem ich mein Schlafzimmer verlassen hatte, sah ich einen Lichtschein, der aus dem Zimmer meiner Tochter auf den Flur fiel.

Als ich gerade auf halbem Wege zu ihrem Zimmer war, stürmte mein Mann mit einem Arm voller Kleidungsstücke aus der Tür des Mädchenzimmers und rannte vor mir her den Flur herunter. Obwohl ich ihn mehrmals anrief, setzte er seine Flucht fort.

Er stürmte die Treppe hinunter. Ich warf einen kurzen Blick in das Zimmer meiner Tochter und musste feststellen, dass sie nicht da war. Auch das Bett war unbenutzt. Ich kehrte auf den Flur zurück und rannte meinem Mann hinterher. Ich konnte ihm nicht folgen und als ich die Eingangstür erreichte, sah ich ihn mit hoher Geschwindigkeit vom Hof brausen.

Daraufhin weckte ich seine Schwester und Herrn Jensen, um die Verfolgung aufzunehmen. Mir schwante, wohin er fahren würde. Und richtig, auf dem Parkplatz der Jagdhütte fanden wir sein Auto vor.

Wir stiegen sofort aus und rannten der Hütte entgegen. Kaum waren wir um die letzte Biegung herum, wurde auf uns geschossen. Für einen winzigen Augenblick erkannte ich, dass mein Mann vor der Hütte stand und das Gewehr auf uns richtete. Wir sprangen sofort hinter die nächsten Bäume und warteten ab. Wenige Augenblicke später hörten wir, wie sich jemand durch die Büsche schlug.

Herr Jensen sprang als erster hinter seinem Baum hervor und rannte der Hütte entgegen. Meine Schwägerin und ich folgten ihm. Mein Mann war nirgends zu sehen. Erst jetzt erkannten wir im fahlen Schein der Hüttenlaterne, dass meine Tochter vor einem Baum hockte. Sie war im ersten Moment nicht ansprechbar. In der Dunkelheit erkannten wir nicht sofort, dass sie an den Baum gefesselt worden war. Erst als meine Schwägerin sie wachrütteln wollte, sahen wir die Stricke, die die Arme meiner Tochter hinter dem Baum fixierten.

Plötzlich hörten wir, wie mein Mann den Motor seines Wagens startete und davonfuhr. Herr Jensen, der, genau wie meine Schwester und ich, den Ernst der Lage nicht sofort durchschaut hatte, rannte zu seinem Auto, um meinen Mann zu verfolgen. Allerdings schaffte er es nicht, ihn einzuholen.

Um im dunklen Walt keinen Unfall zu riskieren, hatte er die Verfolgung abgebrochen und war zu uns zurückgekehrt. Meine Tochter war jetzt halbwegs ansprechbar, fantasierte aber hin und wieder und konnte sich an die abgelaufenen Geschehnisse nur lückenhaft erinnern. Herr Jensen schnitt sie los, nahm sie auf seine Arme und trug sie zum Auto. Dann fuhren wir sehr langsam nach Haus, da meine Tochter bei jedem Schlagloch sofort aufschrie.

Herr Jensen legte sie in ihr Bett und fuhr sofort wieder los, um den Arzt zu holen.

Der Arzt stellte fest, dass meine Tochter vergewaltigt worden war. Ihr Vaginaleingang wies mehrere Risse auf. Obendrein hatte sie Prellungen im Gesicht und tiefe Hautabschürfungen an Armen, Beinen, Rücken und Hinterkopf davongetragen. Details entnehmen Sie bitte dem Arztbericht. Ich kenne mich mit den Fachbegriffen nicht aus."

Mein Vater saß uns mit versteinertem Gesicht gegenüber. Nicht eine Regung war zu erkennen. Schuldgefühle? Fehlanzeige.

Danach wurde meine Tante aufgerufen, die im Wesentlichen die Aussagen meiner Mutter bestätigte. Auch Herr Jensen kam an die Reihe. Der war völlig aufgebracht und erzählte nicht nur den Ablauf der Geschehnisse, sondern ließ sich auch ungefragt über die Wutanfälle meines Vaters aus. Er redete sich dermaßen in Rage, dass er plötzlich aufsprang und auf meinen Vater zustürmte. Wären nicht die beiden Gerichtsdiener und der Anwalt meines Vaters dazwischen gegangen, hätte Herr Jensen meinen Vater vor aller Augen den Hals umgedreht.

Der Richter musste mehrmals mit seinem Hammer auf den Tisch schlagen, um wieder Ruhe einkehren zu lassen. Er ließ Herrn Jensen aus dem Gerichtssaal führen, um einen zweiten Ausbruch zu unterbinden.

Nachdem sich alle wieder beruhigt hatten, kam ich an die Reihe. Ich schilderte, wie sich das Verhalten meines Vaters mir gegenüber plötzlich geändert, wie er mir z. B. befohlen hatte, Hosen zu tragen und mich als seinen Sohn Berti auszugeben. Alle im Saal runzelten die Stirn über die Geschichte. Dann erzählte ich, was sich an dem Abend zugetragen hatte. Manche schüttelten den Kopf, andere regten sich richtig auf. Der Richter musste mehrmals klopfen, um die Ruhe im Saal wieder herzustellen.

Nachdem auch noch ein Jäger befragt worden war, der bestätigte, dass mich mein Vater zum

Jungen hatte machen wollen, wurde die Beweisaufnahme abgeschlossen.

Ein paar Wochen später erfuhr ich, dass man meinen Vater zu einer mehrjährigen Haftstrafe verurteilt hatte. Nachdem ich davon gehört hatte, wurde mir leichter ums Herz. Ich hatte mehrmals mit dem Gedanken gespielt auszuwandern, sollte man ihn freilassen. Ich hatte keine Lust verspürt, aus Rache doch noch erschossen zu werden.

Die Erinnerungen und der Verhandlungsablauf hatten mich total geschwächt. Ich fuhr mit den anderen nach Haus und legte mich ins Bett.
Als ich aus meinem komaähnlichen Zustand erwachte, schien die Sonne ins Zimmer. Meine Tante saß neben mir auf dem Bett und streichelte meinen Kopf. Ich war jetzt wach und ausgeschlafen. Nur die Bewegungen schmerzten noch ziemlich. Meine Tante war die ganze Nacht und den halben Tag nicht von meiner Seite gewichen.
Als sie bemerkte, dass ich wieder unter den Lebenden weilte, beugte sie sich zu mir runter und küsste mich auf den Mund. Das wirkte Wunder und wie von selbst öffnete ich meine Lippen und ließ meine Tante gern mit mir spielen. Und wie von selbst kamen meine Arme nach oben, umklammerten ihren Nacken und zogen sie noch tiefer zu mir herab. Das ging wirklich von selbst,

ehrlich! Und komischerweise waren ihre Küsse auch kein bisschen ekelig, sondern sogar sehr angenehm. Für einen Moment vergaß ich sogar meine Schmerzen und gab mich ganz und gar ihren Liebkosungen hin.

So wurden wir ein Paar. Natürlich nicht offiziell. Das war damals noch sehr verpönt, aber im Geheimen waren wir ein Paar und was für eins. Jede Sekunde, die wir miteinander teilen konnten, genossen wir in vollen Zügen. Die Köchin kriegte das natürlich irgendwann mit, war aber nicht so sauer, wie wir vermutet hatten. Sie hatte sich sowieso schon vor längerer Zeit eine Zweitfreundin gesucht und gönnte uns deshalb unser Glück.

So konnten wir innerhalb des Hauses tun und lassen, was wir wollten und wenn wir dann mal im Heu oder auf der Wiese miteinander turtelten – wen störte das schon?

Mein Erzeuger verbrachte mehrere Jahre im Zuchthaus und verschwand dann für immer aus unserem Leben. Meine Mutter hatte sich sofort scheiden lassen und da sie ja, dem Himmel sei Dank, den Betrieb mit in die Ehe gebracht hatte, konnte alles so weiterlaufen wie bisher.

Der Verwalter wurde zum Geschäftsführer ernannt und Dank seiner aufopfernden Hilfe ging es dem Betrieb weiterhin sehr gut. Er machte zwar meiner Tante den Hof, war aber auch nicht sauer, als sie ihm einen Korb verpasste. Er hatte natürlich längst mitgekriegt, dass er im Grunde genommen keine Chance bei ihr hatte, hatte es aber trotzdem versucht, weil er meinte, eine lesbische Beziehung sei nicht mehr als ein Spaß und Lesben bräuchten einfach nur mal einen richtigen Mann und schon würden sie diesen „Blödsinn" schnell aufgeben. Da war er bei uns natürlich an der falschen Adresse. Gegen unsere Liebe kam niemand an.

Er blieb trotzdem und heiratete eines Tages eine unserer Dienstmaiden. Meine Mutter, die die Beziehung ihrer Tochter mit ihrer Schwägerin erst mit gemischten Gefühlen betrachtet hatte, kam ebenfalls immer mehr auf den Trichter, dass es doch nur darum geht, glücklich zu sein, ganz egal mit wem. Und das Glück war uns ja nun wirklich in jeder Sekunde anzusehen.

Ich hatte meine Lektion gelernt. Die Vergewaltigung unserer Dienstmaid – natürlich durch einen Mann – und die herrlichen Spielchen meiner Tante mit der Köchin hatten mich schon eigentlich in die für mich richtige Richtung geschubst. Was mein Erzeuger mit mir veranstaltet hatte, hatte mir den Rest gegeben. Ich war der Männerwelt ein für alle Mal verloren gegangen.

Drei meiner vier Schwestern heirateten einen Mann und zogen fort. Die Jüngste angelte sich ebenfalls eine Frau und lebt mit ihr in einer Wohnung in der nächsten Großstadt. Was die da genau machen, weiß ich auch nicht. Ich glaube, irgendwas mit Fotografie.

Um den Betrieb in der Familie zu halten, habe ich mir vor ein paar Jahren einen Samenspender aufgelesen. Brigitte und ich sind in die Stadt gefahren und haben in einem Lokal einen Herrn angesprochen, der unseren Erwartungen am nächsten kam. Brigitte hat ihm dann klipp und klar erzählt, was wir von ihm wollen und er hat sich bereit erklärt mitzumachen. Er war geschäftlich in der Stadt und das passte uns sehr gut.
Wir wussten nichts von ihm und er nichts von uns. Also gingen wir in sein Hotelzimmer und Brigitte legte bei ihm Hand an. Ich stand gebückt und mit gespreizten Beinen davor und wartete ab. Als der Mann soweit war, gab mir Brigitte ein Zeichen und ich machte einen Schritt rückwärts. So drang er nur für einige Sekunden und nur mit

der Spitze in mich ein und belegte mich, wie das bei Tieren heißt. Dann trennten wir uns wieder.
Ich hatte ihm noch eine ansehnliche Summe dafür geboten, die er aber nicht annehmen wollte. Das Vergnügen wäre ganz auf seiner Seite gewesen. Zwei so reizenden Damen einen solch schönen Gefallen tun zu können, sei ihm eine Ehre gewesen. Na ja, Spinner hin oder Spinner her. Was soll's?

Ich war schwanger und das war ja schließlich die Hauptsache. Meine Mutter war ganz aus dem Häuschen vor Freude, als sie davon erfuhr. Ich wurde gehegt und gepflegt. Manchmal ging mir das schon gehörig auf den Geist. Tu dies nicht, tu das nicht, reg dich nicht auf, lass mich das tragen … Ich bin doch nicht aus Zucker, sagte ich dann immer wieder und ließ mir nicht alles aus der Hand nehmen.

Eines Tages, Brigitte und ich kamen gerade von einem Einkaufsbummel aus der nächsten Kleinstadt zurück, wunderte ich mich über die vielen fremden Autos auf unserem Hof. Hatte meine Mutter vielleicht alle ihre Töchter eingeladen? Aber, solange ich auch hin und her überlegte, es fiel mir kein Grund für ein Familientreffen ein.

Nach wie vor verwundert enterten wir das Haus. Überall waren Blumen aufgestellt worden. Kaum hatte man uns erspäht, kamen alle auf uns zugestürmt. Wir wurden fast erdrückt von lauter Küssen und Umarmungen. Brigitte und ich konnten uns nur verdutzt anschauen.
Dann erschien meine Mutter in neuester Robe. Ich machte mich von den anderen frei, ging zu ihr rüber und fragte sie, was denn hier eigentlich los sei. Sie sagte nichts, rief alle anderen zur Ordnung und schob uns in einen unserer, mittlerweile, gemeinsamen Räume. Ich verstand immer noch nicht, worum es hier ging. Sie sagte immer noch nichts und forderte uns durch ein Handzeichen auf, uns auf unser Sofa zu setzen. Irritiert setzten wir uns. Dann band sie jeder von uns einen Schal um den Kopf, um uns am Sehen zu hindern.
Wir saßen da wie zwei kleine Blödfrauen und harrten der Dinge, die da kommen mochten. Wir hörten, dass meine Mutter schnell im Zimmer hin und her lief, dann ein paar geflüsterte, für uns aber unverständliche, Worte sagte und zu guter Letzt ganz laut in die Hände klatschte. Jetzt war wieder ziemliches Getrippel zu hören und plötzlich wurden uns die Schals von den Köpfen gerissen. Blinzelnd schauten wir uns um und gewöhnten uns an die Helligkeit.

Und dann sahen wir es! Unsere Schwestern und Mutter standen in fürstlichen Roben vor uns und hielten uns weiße Kleider entgegen. Wir kapierten immer noch nichts und guckten wohl ziemlich dusselig aus der Wäsche.
Plötzlich ging alles sehr schnell. Ehe wir es uns versahen, hatten uns die anwesenden Damen vom Sofa hochgerissen und schon standen wir vollkommen entkleidet im Zimmer. Nackt, wie wir waren, wurden wir in die Badestube getragen und abgeseift. Im Nu waren Scham und Achseln rasiert und wir waren von oben bis unten mit duftenden Wässerchen eingesalbt worden. Wir genossen zwar diese fürstliche Audienz, verstanden aber immer noch nicht, was die eigentlich alle von uns wollten.
Aber wir kamen nicht zur Besinnung. Schon waren wir abgetrocknet und in frische Mieder geschnürt. Die neusten Seidenstrümpfe wurden über unsere Beine gerollt und schon hatten wir neue Kleider an. Unsere Kleider schienen absolut identisch zu sein und sie erinnerten mich stark an Hochzeitskleider. Neue Pumps standen zum Reinschlüpfen bereit und kaum waren wir drin, ging es schon mit großem Hallo die Treppe hinunter.
Unten in unserer Eingangshalle waren zwei Reihen Tische aufgestellt worden und vor dem Kü-

cheneingang stand noch einmal extra ein kleinerer Tisch. Zu diesem Tisch wurden wir sogleich geschoben und auf zwei davor platzierte Stühle gedrückt. Eine Frau im schwarzen Kleid erschien und stellte sich auf der anderen Seite des Tisches, uns also gegenüber, auf.
Und dann kam es ganz dicke:
„Liebes Brautpaar!"
Ja, sie hatte echt „liebes Brautpaar" gesagt.
„Liebes Brautpaar! Wir haben uns hier versammelt, damit Sie die Möglichkeit haben, vor Gott und der Welt zu bekunden, dass Sie nunmehr, und von jetzt an immer, fest zusammenstehen, einander lieben und ehren, in guten wie in schlechten Zeiten..."
Das war also unsere eigene Hochzeit. Diese Banausinnen hatten uns doch total überrumpelt, uns einfach vor den Altar gezerrt, ohne ein einziges Sterbenswörtchen zu sagen. Ich war so glücklich, dass ich augenblicklich in Tränen ausbrach und nach Brigittes Hand suchte. Wir sahen uns an und wussten, das ist es. Genau das hatte uns gefehlt.
Mit von Tränen erstickten Stimmen hauchten wir unsere „Jas", steckten uns gegenseitig die Ringe an die Finger – auch daran hatten die holden Damen gedacht – und küssten uns dann Ewigkeiten. Der ganze Saal brach in ohrenbetäubenden Jubel aus und schon waren wir wieder umringt. Ton-

nenweise wurden Geschenke und Blumen hereingeschleppt und jede wollte zuerst gratulieren.
Ehe wir uns recht versahen, saßen wir schon am Hochzeitstisch. Meine Mutter stand auf, schlug mit dem Messer gegen ein Weinglas und hielt eine Rede.
„Wir wissen alle, dass eine Ehe zwischen zwei Frauen weder von der Kirche, noch vom Staate anerkannt wird. Trotzdem wollten wir euch beiden Bräuten diese Feier nicht vorenthalten, da wir gesehen haben, wie glücklich ihr miteinander seid.
Und dir (sie zeigte auf Brigitte) möchte ich noch einmal hier vor allen Anwesenden dafür danken, dass du es geschafft hast, meine Tochter, deine jetzige Ehefrau, aus dem Chaos, das ein bestimmter Mensch angerichtet hat, zurück ins Leben zu holen, weil du ihr stets eine gute Partnerin warst. Ich wünsche, und ich denke, da spreche ich im Namen aller hier Anwesenden, euch auch weiterhin eine schöne gemeinsame Zeit und ein glückliches Leben bis ans Ende aller Tage!"
Tosender Beifall brach los. Ich wollte jetzt auch irgendwas sagen, konnte aber nichts rauskriegen, weil mir die Rührungstränen nur so runterliefen. Das ganze Make up hatte sich auf meinem Kleid verteilt. Und ich konnte sehen, dass es Brigitte genauso erging wie mir.

Meine Mutter klatschte plötzlich in die Hände und schon wurde das Essen aufgetragen. Nach drei Gängen war ich dem Tode nahe, konnte mir den Nachtisch allerdings dann doch nicht verkneifen. Und dann wurde getanzt und getrunken, na ja, gesoffen würde wohl besser passen. Jedenfalls ging das Getöse bis in die frühen Morgenstunden. Todmüde fielen wir ins Bett. An „Hochzeitsnachtrituale" war nicht mehr zu denken. Die holten wir am nächsten Morgen nach. War trotzdem schön.

Gegen zehn Uhr wurde unsere Schlafzimmertür aufgerissen und meine Mutter mit meinen Schwestern im Gefolge trat ein. Sie servierten uns das Frühstück. Jede Schnitte wurde für uns geschmiert und sogar zum Munde geführt. Wir durften unsere eigenen Finger nicht benutzen. Als wir voll bis oben hin waren, wurde alles weggeräumt. Dann stellte sich die ganze Gesellschaft um unser Bett herum auf und Mutter erklärte uns, dass sie noch eine besondere Überraschung für uns hätte. Sie überreichte uns einen großen Umschlag. Meine „Ehefrau" und ich rissen ihn gemeinsam auf. Zum Vorschein kamen zwei weitere, allerdings kleinere Umschläge.

Ich öffnete den einen und meine Frau (juch-hu!!!) den anderen. Meiner enthielt einen Gutschein über eine Weltreise mit einem Kreuzfahrtschiff.

Drei Monate Urlaub im wahren Luxus. Der andere Umschlag enthielt ein Zertifikat, das besagte, dass wir zwei ab sofort die offiziellen Erben des Betriebes waren. Außerdem steckten noch mehrere tausend Mark dabei, um uns einen angenehmen Aufenthalt auf dem Schiff zu ermöglichen.
Was sollten wir da noch sagen? Uns fiel in diesem Moment mal wieder absolut nichts ein. Ich sprang also, gefolgt von meiner Frau (immer noch juchhu!!!), aus dem Bett und umarmte nacheinander alle diese wunderbaren Frauen. Ein tolles Leben lag vor uns.

Die Kreuzfahrt war ein Traum. Die Suite auf dem Dampfer war ein Traum. Unsere Liebe war ein Traum. Eigentlich war alles ein Traum. Wir wurden von vorn bis hinten bedient. Hätten wir nicht lautstark protestiert, dann hätten die uns auch noch den Hintern abgewischt.

Wieder daheim, stürzten wir uns in unsere neue Aufgabe. Herr Jensen brachte uns alles bei, was wir über den Betrieb wissen mussten und verließ uns dann. Er hatte schon lange mit dem Gedanken gespielt, sich allein selbstständig zu machen und Mutter hatte ihm dazu verholfen, da er uns ja in den schwierigsten Zeiten nicht im Stich gelassen hatte.

Ja, und dann kam unsere Tochter zur Welt. Dem Himmel sei Dank wusste ich ja, dass ich nicht auf den Klapperstorch warten musste. Die Geburt verlief völlig reibungslos. Sabine wurde von derselben Hebamme ans Licht der Welt geholt, wie schon zuvor meine Schwestern und ich. Wir waren und sind immer noch eine glückliche Familie.

Ende der 1960er Jahre sahen wir uns eine Fernseh-Show an. Dort trat ein Sänger auf, der mir irgendwie bekannt vorkam. Der Name sagte mir im ersten Moment nichts. Der Mann saß am Klavier und spielte und sang und wurde von einem Orchester begleitet.
Plötzlich sprang mich ein Gedanke an, den ich allerdings sofort wieder verwarf. Nein, das konnte nicht sein. Der Junge, mit dem ich mal auf dem Nachbarhof gespielt hatte, war das bestimmt nicht – oder vielleicht doch?
Obwohl ich noch nie eine Freundin der Klatschpresse war, kaufte ich mir eine dieser Zeitschriften, da ich sein Foto auf der Titelseite entdeckt hatte. Der Vorname stimmte schon mal. Nur der Nachname ließ in meinem Kopf nichts klingeln.
Ich fragte die Verkäuferin.
„Ja, der stammt aus Österreich, wie ich gelesen habe."

Aus Österreich? Jetzt fiel mir ein, dass der Junge von damals ganz komisches Deutsch gesprochen hatte. Was heißt komisch? Na, jedenfalls anders, als wir anderen Heidekinder.
„Wissen Sie, ob der mal hier in der Nähe war?"
„Hier in der Nähe? Nein, das glaube ich nicht. Ich habe gelesen, dass der demnächst in Hamburg auftreten soll. Aber, der ist nichts für mich. Was man so liest, hat der nur tausende von Weibergeschichten. Ich weiß beim besten Willen nicht, was an dem so toll sein soll. Der andere, na, wie heißt der gleich noch, der, na, Sie wissen schon, der ist doch viel hübscher. Der singt doch immer mit dieser Dänin im Duett. Ja, der würde mir besser gefallen."
Ehe die gute Frau zum Intimleben der Königshäuser überwechseln konnte, verabschiedete ich mich freundlich von ihr. Vielleicht täuschte ich mich ja auch, aber irgendwie ging mir dieser Typ nicht mehr aus dem Kopf.
Ich erzählte zu Haus davon und Brigitte meinte: „Dann lass uns doch einfach hinfahren. Vielleicht fällt dir mehr ein, wenn du direkt vor ihm stehst."
Gesagt, getan. Wir fuhren also nach Hamburg, um Konzertkarten zu kaufen. Leider hatten wir den Weg umsonst gemacht. Nicht eine einzige Karte war mehr zu bekommen. Es sollte noch viele Jahre dauern, bis ich fündig werden würde.

Völlig aufgeregt saß ich, gemeinsam mit meiner Liebsten, in der ausverkauften Halle. Das Konzert begann und ich lauschte seiner Stimme. Nein, nicht ein einziger Erinnerungsfetzen kam mir in den Sinn. Ich hatte mich wohl doch getäuscht.
Nach der Pause gingen viele Menschen nach vorn, um direkt vor der Bühne zu stehen.
„Nun steh schon auf und geh."
„Wohin?"
„Na, zur Bühne. Wenn du jetzt nicht gehst, wirst du es ein Leben lang bereuen."
Da ich zögerte, stupste sie mich an und schob mich aus dem Sitz.
„Nun los! Der wird dich nicht beißen!"
Etwas beklommen machte ich mich auf den Weg nach vorn. Alle Augen im Saal schienen sich auf mich zu richten. Mir brach der Schweiß aus, als ich hölzern und stockend der Bühne entgegenging. Natürlich achtete kein Mensch auf mich. Alle Augen waren schließlich auf den Mann im Smoking gerichtet.
Da sich schon vor mir viele auf den Weg zur Bühne gemacht hatten, stand ich in der letzten Reihe. Ich ging mehrmals hin und her, um eine Lücke zu ergattern, wurde aber nicht fündig. Niemand ließ sich seinen Platz streitig machen. Ich brauchte fast eine halbe Stunde, um die Bühne zu erreichen.

Als das nächste Lied angestimmt wurde, stand er auf und kam hinter seinem Flügel hervor. Plötzlich stand er direkt vor mir. Ich sah nur seine Schuhe und seine Hosenbeine. Als ich nach oben blickte erkannte ich, dass er seinen Blick über die Menge unter ihm schweifen ließ. Nach unten zu mir schaute er nicht.
Langsam wurde mir ein wenig mulmig. Ich spürte die anderen Leiber, die gegen mich drückten. Nachdem er aufgestanden war, schien sich der Druck erhöht zu haben. Alle wollten ihm nahe sein – so nahe, wie möglich.
Um wenigstens nicht mit Brust und Bauch gegen den Bühnenrand gedrückt zu werden, streckte ich meine Arme aus, um Abstand zum Holz zu wahren. Mir brach der Schweiß aus und ich sehnte mich zu meiner Liebsten zurück.
Plötzlich ging er von der Bühne weg und verabschiedete sich von seinem Publikum. Offenbar hatte ich mich umsonst hier vorn einklemmen lassen. Ich hatte bisher keine Erinnerung gehabt. Na ja, jetzt würden alle die Bühne verlassen und ich hätte wieder freie Bahn.
Allerdings war dem nicht so. Die Leute klatschten und pfiffen so laut, dass mir fast die Ohren abgefallen wären. Ich traute mich allerdings nicht, mir die Ohren zuzuhalten, da ich ja dann den Bühnenrand hätte loslassen müssen. Und das

wollte ich unter keinen Umständen tun, um nicht doch noch und zum guten Schluss zerquetscht zu werden.

Das Geschrei, der ohrenbetäubende Applaus und die Pfiffe schienen Wirkung zu zeigen. Augenblicke später kam er zurück, um ein weiteres Lied zu singen. Der Druck von hinten und von den Seiten nahm beängstigende Formen an und ich musste meine ganze Kraft aufbringen, um einen Bauchkontakt mit der Bühne zu unterbinden.

Endlich war das letzte Lied verklungen. Nein, nicht dass ich seine Musik nicht mochte. So kann ich das nicht sagen. Seine Lieder gefielen mir sehr. Aber ich fieberte dem Ende entgegen, um endlich aus dieser Menge von Verrückten rauszukommen.

Während das Orchester den Refrain seines letzten Liedes mehrfach wiederholte, ging er am Bühnenrand entlang, schüttelte Hände, nahm Blumensträuße entgegen und lächelte seinen Fans zu. Plötzlich stand er vor mir, beugte sich zu mir herunter und hielt mir seine Hand entgegen. Ohne nachzudenken, griff ich zu.

„Hallo, mein Freund aus Kindertagen. Wir haben auf einem Bauernhof in der Heide mal zusammen gespielt. Kannst du dich erinnern?"

Er schaute mich völlig verdutzt an. Ein Gedanke, eine Erinnerung schien durch seinen Kopf zu

schießen. Sekundenbruchteile starrte er mich an. Dann ließ er meine Hand los und ging weiter. Nachdem er die Reihe abgeschritten hatte, drehte er um und kam auf mich zu. Leider hatte ich den Bühnenrand losgelassen und wurde nun gnadenlos abgetrieben. Ich winkte ihm aus der Menge heraus zu. Er schaute mich unentwegt an, drehte sich dann aber doch um und verließ die Bühne.
Endlich zerstreute sich die Menge und ich bekam wieder Luft. Zurück an meinem Platz, forderte mich meine Liebste auf, mich zur Garderobe durchzuschlagen, um noch einmal mit ihm zu sprechen.
„Der hat dich erkannt. Das habe ich ganz genau gesehen."
„Das glaube ich nicht. Ich bin mir ja immer noch nicht sicher."
„Geh hin und sprich mit ihm."
Wir standen auf, um unsere Mäntel zu holen. Allerdings war die Schlange vor unserer Garderobe so lang, dass wir fast eine halbe Stunde warten mussten, bis wir alles beieinander hatten. Als ich mich endlich zur Künstlergarderobe durchgefragt hatte, wurde mir mitgeteilt, dass der Sänger schon weg sei.
„Wo übernachtet der denn?"
„Das dürfen wir Ihnen leider nicht sagen."

Na gut, dachte ich, ich habe es probiert. Nun ist es gut.

Wir fuhren heim und im Laufe der immer wieder auf uns einstürzenden Ereignisse auf unserem Hof kam ich völlig von ihm ab.

Erst viele Jahre später erfuhr ich, dass er mich doch erkannt haben musste, da er sogar eine Suchanzeige aufgegeben hatte, um mich zu finden. Das ist leider alles an mir vorbeigegangen und wir haben uns nie wieder gesehen.

Nun ist er tot und ich habe mehrfach darüber nachgedacht, ob ich nicht mehr hätte investieren sollen, um ihm noch einmal zu begegnen. Aber im Endeffekt, was hätte es gebracht? Hin und wieder erwische ich mich dabei, dass ich mir heimlich Vorwürfe mache. Aber, sei's drum. Es ist zu spät.

So sind nun viele Jahre vergangen. Mutter ist vor zwei Jahren verstorben. Das hat mich echt umgehauen. Doch mittlerweile geht es wieder. Wir werden sie nie vergessen, auch wenn das Leben weitergeht.

Den Betrieb haben wir vor fünf Jahren umgestellt. Mit den alten Gerätschaften hätten wir nicht mehr lange überlebt.

Hin und wieder hatten uns schon vor Jahren Urlauber gefragt, ob sie auf unserem Gut Ferien auf dem Bauernhof machen könnten. Da das eine Marktlücke zu sein schien und wir mit unserer schönen Heidelandschaft wahrlich wuchern konnten, haben wir das, nun nicht mehr benötigte, Gesindehaus zum Hotel umgebaut.
Neben Ponyreiten und Abenteuerspielplatz bieten wir Kutschfahrten durch die Heide an. Aus einer alten Scheune, die ein paar Kilometer entfernt im violetten Erika-Teppich steht, haben wir ein Restaurant gemacht, das von einem plietschen Ehepaar geführt wird und sich zu einem richtigen Magneten für stadtmüde Leute entwickelt hat.
Hin und wieder nehmen wir auch Schulklassen auf, die sich eine Klassenfahrt mit im Heu schlafen ausgesucht haben. Ich muss mich immer wieder wundern, wie wenig Stadtkinder von der Landwirtschaft verstehen.
Einige denken wirklich, es gäbe lila Kühe, die Schokolade produzieren. Diese Kinder sind dann völlig verwundert, wenn sie sehen, woher die Milch kommt und woher die Eier stammen, die sie jeden Morgen zum Frühstück zu sich nehmen.
Unsere Tochter hält gern Vorträge über die Abläufe in der Landwirtschaft. Wie kommt die Saat aufs Feld? Wie werden Kartoffeln oder Weizen geerntet und verarbeitet. Dass Pommes Frites aus

Kartoffeln gemacht werden oder Weizen zu Brot wird, ist vielen Kindern nicht im Ansatz klar.

Sabine, die sich eine sehr nette und hübsche Liebste gesucht hat, wird von uns so langsam in den Betrieb eingearbeitet. Manchmal scheint es mir, als wenn diese Göre mehr Ahnung hätte als wir beiden Alten. Na ja, sie hat schließlich studiert und wird bestimmt noch einiges umstellen, wenn wir erst einmal das Zepter an sie weitergegeben haben.

Meine Frau (immer noch juchhu!!!) und ich lieben uns wie am ersten Tag – oder vielleicht noch ein bisschen mehr – und haben schöne glückliche und auch lustvolle Jahre miteinander verbracht. Dafür sind wir dem Himmel sehr dankbar und hoffen, dass uns noch ein paar gute Jahre bleiben, auch wenn wir jetzt etwas kürzer treten müssen. Aber wenn meine „Tante" damit anfängt, mir, Strümpfe streichelnd, den Rock hochzuschieben, kriege ich immer noch das schwere Atmen…

Lust auf mehr Starke Frauen?

Viktoria Grantz
Die verkaufte Gräfin
The sold countess
Das Ende des Jägers
Denn sie schenkten mir ein zweites Leben
For they bestowed me a Second Life
Vera, die Moorfrau
Vera, the Moor-Lady
In 80 Jahren rund um Hörnde
Die Prinzessin vom Leuchtturm
Mein Vater, der Diakon
My father, the Deacon

Simone Petzold
Das bunte Leben der Renata Komanetschy
Die Wende meines Lebens
Mein weiter Blick aufs Meer
Der süße Herbst des Lebens
The sweet fall of Life

Lena Birkthal
Kämpferinnen für die Ewigkeit
Life in the Matriarchy

Michaela Main
Von Frau zu Frau – nicht alltägliche Gesundheitstipps

Michaela Holst
Das Heide-Mädchen

Katja Groening
Die Burg der Nymphen

Eva Maria Thalbach
Das Ende des Dornenwaldes

Yvonne Zündler
Mitten im Abschaum
Die Stille eines Lebens

Heide Marie Zimmer
Das Mädchen Yvonne
Flucht und Heimkehr
Die Goldesel-Töchter

Elisabeth Margaretha Gräfin von Schöngau-Brixendorf
Sara, das Wiesel
Sara, the Weasel
Goldenes Stroh in meinem Haar
Golden Straw in my Hair

www.starke-frauen.org
www.strong-ladies.com

Margaretha Main
Vom Lausemädchen zur Lausefrau – lustige Geschichten aus einem langen Leben

Retha, das Lausemädchen
Retha wir flügge
Retha – vom Lausemädchen zur Lausefrau
Retha auf Umwegen
Retha – mein Autoleben
Rethas langer Weg zum Ruhm
Mein schönstes Leben
Die Angst geht um in Narrenberge
Festtagsschmaus in Narrenberge

www.margaretha-main.de

Elisabeth Keller
Das Glück liegt in der Streichholzschachtel

Männerecke

Hans Georg van Herste

Am Fluss meines Lebens I Aus einer Quelle wird ein Bach
1940 – 1989
Am Fluss meines Lebens II Aus einem Bach wird ein Fluss
1990 – 2015
Am Fluss meines Lebens III Ein Strom von Reimen
Endlich Frau!
Papa kommt fast täglich
Ayur Veda
The Borderline-Syndrome
The Mother-Beast
The true dream of freedom

Hans Georg van Herste & Michaela Main
Endlich frei, glücklich und gesund

www.van-herste.de

Frido van de Visser
Meine Kindheit in Rotterdam